天命の巫女は翠花に捧ぐ

彩蓮景国記

朝田小夏

角川文庫
22137

第一章　師魚

1

　からりと晴れた青空に、陽射しがまぶしい景国《けいこく》の年の瀬、都の大路を一人の少女が人々の視線を独り占めにしていた。

　白衣に身を包む彼女の年の頃は十七、八ぐらいだろう。朱色の口紅が映え、白玉のごとき肌は、思わず触れたくなるぐらいに滑らかだ。ただし、皆の視線を集めているのは少女の類《たぐい》まれな容姿のためではなく、その奇怪な様子のせいだった。

　なにしろ、その細い体つきには似合わぬ力強さで、十体の腐った死体が横たわる荷車を引いていた。

野次馬が、がやがやと彼女の後ろを付いて来たから、天寿を全うした老人の葬列のような変な明るさを伴ってはいた。

「まったくなんでわたしばっかり、こういう仕事なのよ」

彼女の名は貞彩蓮《ていさいれん》。

都の名家、貞氏の令嬢である。

貞家は国の祭祀《さいし》を預かる家柄で、巫覡《ふげき》の一族である。年の瀬になると、貞家の門前に死体を捨てていく罰当たりな人間が出てくる。自分では埋葬する金がないので、貞家の前に捨てれば、手厚く葬ってくれるだろうというわけだ。身寄りのない年寄りなど、死ぬずっと前から貞家の前に寝起きしていたりする。

「いたしかたありませんよ。国は豊かといえど、民は搾取されるばかりですからね」

そう言って、後ろから荷車を押しているのは、彩蓮の婚約者兼護衛の皇甫《こうほ》珪《けい》である。たまたま宮殿からの帰りに、荷車を引く彩蓮を見かけて慌てて手伝ってくれているのだった。大きな体軀《たいく》の禁軍の武官で、大粒の汗を垂らして「よいしょ、よいしょ」と掛け声をかけ、片腕で荷車を押す。

「なんだか今年は死体が多い気がするわ」

「それだけ貧しい民が多いということです」

遺体は、国の埋葬場に埋められ、彩蓮が葬儀を行うことになっている。通常これは、使用人と貞家の中でも下級の巫覡の仕事だ。彩蓮は、年に数度、父の代理を務めることもある貞家本家の娘なのに、今日これを任されたのは、貞冥《ていめい》が、本ばかり読んで、家の手伝いをしない彩蓮に堪忍袋の緒が切らしたからだった。

「お前は肝心なことを全く分かっていない」

勉学を極め、巫覡の官吏である巫官《ふかん》になりたいと思っている彩蓮を、貞冥はいつも未熟だと言う。何が未熟なのか、まだ分からない彩蓮ではあるが、文句を言いつつ、汚れ仕事もこなすのは、やはり自分の足りなさを分かっているからである。

びっしょりと汗を掻《か》きながらも、荷車を引いて、穴に死体を埋め、そして魂が天に昇るのを助ける呪《じゅ》を唱える。弔う人もいない魂が、しっかりと空を駆けて行くのを見守るのだ。

「大変でしたね、彩蓮さま」

皇甫珪が水筒の水を飲み干して言った。

「なんてことないわ」

そう言うのは半分彩蓮の強がりだ。本当はもう歩きたくないほど疲れていた。しかし、彩蓮の夢は大きい。巫覡の長の太祝《たいしゅく》の地位を得るためには、疲れたなどと言ってはいられない。

「夕飯の時間に合わなくなる。早く帰りましょう」

　空の荷車を皇甫珪が引き、彩蓮はすっかりと日が暮れた群青色の空を見上げた。星はまだ瞬いてはいないが、月は半輪を傾けて浮いている。行き交う人々も足早に家路を急いでいた。

「くう」

　彩蓮の腹の虫が情けなく鳴き、二人は顔を見合わせて笑った。体を動かして、晴れ晴れした気持ちになるのは、少しは修行を理解した証拠だろうか。父親がもし宮殿から帰っていたら夕食の時に聞いてみようと思った。

「開門！　開門！」

　道を曲がり、家の門の近くまで来ると、一人の少年が貞家の門扉を叩《たた》いていた。年の頃は十三ぐらい。この寒空の下、麻の衣一枚で、それも丈が短く脛《すね》が丸見えである。そのくせ、腰には立派な剣を佩《お》びていた。

「どこの馬鹿でしょうか。貞家の正門を叩くとは」

　皇甫珪が呆《あき》れた顔をする。

　それはそうだ。

　貞家の北の正門は天帝と王のための門で、普通そこを通ることを許されない。その門を開けよと叩いても誰も出ては来ないのは当たり前だ。そんなことはこの都では小さな子供さえ知っていることだから、少年は都人ではないのだろう。

「注意してきます」

皇甫珪が走り出して、少年の肩を摑《つか》んだ。

すると少年がこちらを向いて、目を丸めた。眉《まゆ》の太い頑固そうな子だと彩蓮は思ったが、意外にも皇甫珪の知り合いだったらしい。

「哲《てつ》……」

「兄貴」

彩蓮は驚いて門前の階段を駆け上がった。

少年の名を皇甫《こうほ》哲《てつ》。

皇甫珪の母違いの弟である。

「ここにしばらく置いてくれ、兄貴」

彼が田舎からここに出てきたのは、兄のように出世したいと思ったからのようだった。一年前に亡くなった父親は辺境の城邑《じょうゆう》で伍長《ごちょう》という五人の兵士を束ねる役にあったが、給金は安くそれ以上の出世は見込めなかった。そのくせ任務はきつく、異民族から国を守らなければならない。景国は良くも悪くも縁故主義なので、望めば父親の地位を受け継ぐこともできるのに、少年はそんな人生はごめんだと勝手に家を飛び出してきたらしい。皇甫珪は弱ったなと首の後ろを掻いた。

「都で仕官したいんだ」

「仕官って言ってもお前――」

「禁軍でもいい。兄貴、紹介してくれないか」

彩蓮は呆れた。禁軍「でも」とは聞き捨てならない。皇甫珪とて、どれだけ努力してその一員になったことか。すると、彩蓮のその顔色を見逃さなかったのだろう。皇甫哲が、こちらを睨《にら》む。

「こいつは、兄貴のところの小間使いか」

彩蓮は大きく目を見開き、否定することを忘れた。

少年はじろじろと彩蓮の服装を見る。白い麻の衣は、穴掘りをしたため土だらけで、髪はぼさぼさだったから、貞家の下働きに見えて当然だった。嘲《あざけ》るように哲は笑った。

「なぁ、貞家で働いているなら知っているだろう？　噂じゃ、ここの娘は、高飛車で兄貴を顎《あご》で使っているって。本当か」

「な！」

当然、皇甫珪は慌てたが、少年は無邪気に笑って続ける。

「だって有名な話だぞ」

皇甫珪は、弟の後頭部を平手で叩いた。

「こちらが、貞家の一人娘の貞彩蓮さまだ。無礼はいかん」

彩蓮は全く気にしていないという顔をなんとか作る。この子は田舎から出てきて何も知らないのだから、我慢しなければと思うのだけれど、笑顔が引きつるのはどうすることもできない。片や相手は謝る様子もない。

「わたしが彩蓮よ。よろしくね」

「ふん」

感じが悪い。

悪すぎるのではないか？

彩蓮はだんだん我慢ができなくなってきた。少年がペッと唾《つば》を地面に吐いたのを機に、きつい声音で咎《とが》めた。

「失礼を言ってごめんなさいもないわけ？」

「思ってもないこと言えない質《たち》なんでね。それにしても、噂通りのお嬢さまだ」

「なんですって?!」

彩蓮は睨み、哲は鼻で笑った。

「まあ、まあ」

一人事なかれ主義の皇甫珪が間に入る。そして懐から金を取り出し、弟に差し出した。

「今日はとりあえず宿へ行け。金は俺が出す」

「なんで泊めてくれないんだ」

弟は都にまで来れば兄に歓迎されるものだと思っていたらしい。不満を顔に表す。

皇甫珪は諭すように言った。

「俺は今、貞家に居候させてもらっている。貞家は祭祀《さいし》を司《つかさど》る家柄で、なにかとしきたりがある。宿を取ってやるから、とにかくそこで今夜は休むんだ」

「兄貴は変わったな」

皇甫哲は寂しそうに言った。

「うん？」

「兄貴が変わったのは、貞家に行ってからだ。貞家は奇異と鬼神を操る卑しい一族だから、それに毒されたんだろう」

彩蓮は息を飲み、皇甫珪は、彩蓮に深く頭を下げた。

「申し訳ありません。なにぶん、子供で――」

彩蓮は微笑した。

「気にしていないわ」

彩蓮はそう言いつつ、無礼で気難しい少年を見る。毒を吐くのは、大人に吹き込まれたせいだろうか。

「家《うち》に泊めてあげれば？」

皇甫珪の手前、彩蓮は心にもないことを言った。

「いや、それは……」

言葉を濁した大男。

彩蓮は不思議に思う。太っ腹で人情深い皇甫珪ならば、二つ返事で弟を家に迎えてもおかしくないではないか。それがなかなか肯《がえ》んじない。

「母上にお尋ねしなければならないので」

誰も盗み聞きなどしていないのに、小さな声で髭面《ひげづら》男は言った。

皇甫珪の母、蘭容《らんよう》は、夫と別れた後、縁あって彩蓮の父の妾《しょう》となった。貞冥には本妻がいないので、実質、女主人である。どうやら、皇甫珪の父親と別れる時、すったもんだがあったとみえ、蘭容は皇甫哲をよく思っていない様子だった。

他家のこと。

彩蓮が口を出すものではない。

どうしたものかと考えているうちに、あたりはすっかり暗くなっていた。いい匂いが家から漂って来て、せめて夕食だけでも一緒にどうだと彩蓮が言い出そうとした時、人の影が背後から近づいた。

「おい、お前たち、こんな時分に何をしている」

誰何《すいか》する声に三人が振り向けば、暗闇の中に明かりを持った都衛府《とえふ》の武官がいた。都衛府は都の治安を預かる部署なので、不審者に声を掛けるのは、当然の職務であるが、こちらは何も悪いことはしていない。家の前で立っていただけのことだ。彩蓮は文句を言おうと口を開いた。

「郭雷《かくらい》ではないか」

しかし、その前に皇甫珪が明るい声を出した。

「そういうお前は、皇甫珪ではないか。ああ、そうか。ここは貞家の前だったな」

男は声音を和らげると、こちらに近づいて来る。

そして彩蓮を見、貞家の令嬢だと分かったのか、丁寧に拱手《きょうしゅ》して、そして親しげに髭面の肩を叩《たた》いて酒臭い息を吐いた。彩蓮は尋ねた。

「お友達？」

「友達などではないです」

皇甫珪が即、否定する。

「悪友というのが正しいかと思いますよ。彩蓮嬢」

郭雷が片目を瞑《つぶ》って言った。

どうせ、飲み友達なのだろう。

皇甫珪は、郭雷の袖《そで》を掴《つか》んだ。

「頼みがある。これは俺の弟の哲なんだが、一晩預かってくれないか。都衛府の納屋でもどこでもいい」

「別に構わんが――」

困惑顔に郭雷が少年を見た。

「ほら、よろしくお願いしますと言え」

皇甫珪は弟の頭に手を載せて、無理やりそれを下げさせた。反抗的な年頃なのだろうか、少年は頭を下げても目線はしっかりと上を向いている。

「大丈夫かしら？」

彩蓮は少年を見送った後、髭面男を見上げた。

「大丈夫、大丈夫。ここに泊めるより、絶対にいいんです」

皇甫珪はどうも女に弱い。母親にも弱いし、彩蓮にも弱い。丸く収まってよかったよかったと肩を撫《な》で下ろすが、根本的には何も解決していない。

「どうする気？　仕官の口を探してあげないと。禁軍に空きはないの？」

「あったとしても、俺にそんな権限ありません。毎日、毎日、戈《か》を持って宮殿で突っ立っているだけですからね。それにそういうのは、兵卒として国境で手柄を立ててから禁軍に入りたいと言うべきです」

苦労して禁軍に入り、今も自力で将軍になるのを夢見ている男が言う。

「彩蓮さまこそ、ツテはないんですか？」

　彩蓮はちょっと考えて答えた。

「騎遼《きりよう》に頼んでみる？」

　皇甫珪は手のひらを彩蓮の前で振った。

「それだけは絶対にだめです。絶対に」

　彩蓮の友人、騎遼はこの国の王である。

　父王が薨《こう》じて、践祚《せんそ》した。喪が明けるのは、時期を早めて来春の予定で、その後、即位に関する一連の儀式が行われる。

　頼めば、いい役を明日《あした》にでも禁軍に用意してくれるはずだが、すぐに見返りを求めるので、借りを作るのは危険な人物である。皇甫珪が嫌がるのは当然だった。

「わたしが蘭容に話そうか」

「やめた方がいいです。普段、母上はおっとりしていますが、哲の母親の件では苦労したので、それを思い出すと、腹を立てたかと思うと、しくしく泣きます。本当に手に負えなくて、貞冥さまにもご迷惑をかけることになります」

　皇甫珪の父母が別れたのは、哲が生まれたのがきっかけで、蘭容は着の身着のまま追い出されたらしい。その時の恨みを忘れられないのは仕方のないことだ。彩蓮も蘭容に同情する。

「そうなのね。じゃ、家に置くのは良くないわね……」

「母上には深い心の傷があるのです。ここに拾われて本当によかった」

皇甫珪は、父親が残した家族を複雑に見ているようだった。継母も皇甫珪によくしようと努力しているらしいし、身勝手な哲も最近では少し大人しくなったという。しかし、それでも皇甫珪の中にも許せないという気持ちがあるようだった。弟の仕官先も探してやる気はなさそうだった。その気になれば、彩蓮の父の貞冥に口を利いてくれるように頼むこともできるのに。

——どうなることやら。

2

それから一月、無事に年も越した。

皇甫珪は弟の分まで餅《もち》を取っておいたが、ちっとも姿を見せないので、カビの生えた餅をもったいないと火鉢で焼いて食べている。

彩蓮も皇甫哲のことをしばらく案じていたが、聞けば本人の社交力はなかなかのものだったらしい。

都衛府の兵舎に一晩泊めて貰《もら》うと、兵士たちに気に入られて、雑用係にしてもらうことが決まった。

「都衛府の連中は、潰《つぶ》れるまで酔うから、哲に務まるかどうか」

「まだ子供なのだから、酒席には招かれないわ」

　皇甫珪が心配なのは、酒席の話ばかりではない。泊めてもらえなかったのを恨みに思っているのか、新しい生活が楽しいのか、郭雷を紹介した礼さえ言う様子がない。新年の挨拶《あいさつ》ぐらいしてもいいのではないかと思うのに、貞家の門前に並ぶのは、信心深い喬陽《きようよう》人と、施粥《せがゆ》にあずかろうとする子供らばかりだった。

　まあ、本人からしてみれば、自ら仕事を勝ち取ったと思っているに違いない。だが、穿《うが》った見方をすれば、皇甫珪の弟なら、貞家と関わりがあると考えて、都衛府の役人が、忖度《そんたく》したに決まっている。

「まったく恩知らずなやつだ」

　皇甫珪はこぼしたが、郭雷に礼をするのを忘れなかった。肉と黍《きび》を手土産に、夕方官舎を訪ねたのである。

「すまないな。哲なら、武官たちに妓楼《ぎろう》に連れて行かれたぞ」

　心配した通り、都衛府の武官はいらぬところに子供を連れていく。

　しかし、郭雷は笑う。

「心配するな。荷物持ちとして連れて行かれただけだ。酒など飲ませてもらえやしないさ。妓楼は上がるにも金がかかるんだからな」

夕食時だったということもあり、郭雷もだいぶ酔っているように見えた。皇甫珪は弟をよろしく頼むと頭を下げると、長居せずに座を辞した。

「行きましょう」

人のいい皇甫珪は、妓楼の前で一晩中座って待っていると思われる弟を心配して歩き出す。彩蓮はその後をついて行きながら、だんだん腹が立ってきた。ここのところ、皇甫珪は弟のことばかり心配して、彩蓮のことはなおざりだからである。

しかも良家の令嬢である彩蓮が、昼間ならまだしも、妓楼街に夜、足を踏み入れるのは相応《ふさわ》しくないことも忘れて、考え込みながら足は夜の街へとどんどん進む。

「わたしはここで帰る」

彩蓮は赤い提灯《ちょうちん》が並ぶ通りの前まで来ると足をぱたりと止めた。

「なぜですか？」

そう尋ねて、皇甫珪ははっとして、数歩前にいた男は急いで戻って来た。

「申し訳ありません。考えが足りませんでした。屋敷まで送っていきます」

「別に一人で帰れるわ」

「物取りも拐《かどわ》かしもいる都で彩蓮さまを一人になどできません。さあ。行きましょう」

「いいったら」

彩蓮は皇甫珪の手を払った。鈍感な男は、彩蓮が怒る理由が分からなかったが、夜遅くまで付き合わせてしまったことを悪く思い、頭を大きく下げた。

「申し訳ありません」

「謝らないでよ」

「しかしながら」

こういう小さな諍《いさか》いはよくあることで、大抵は図体《ずうたい》の大きい皇甫珪が小さくなって謝って終わる。今日もそういう類《たぐい》の話だった。

「帰りましょう、彩蓮さま」

皇甫珪は、弟を案じるのをやめて許嫁《いいなずけ》の手を取った。彩蓮を屋敷に送って行くのが先決だ。

「帰りましょう」

もう一度、皇甫珪が言って微笑むと、彩蓮もつまらぬことに嫉妬《しっと》していた自分を忘れて彼の手を取った。

「ごめんなさい……」

「悪いのは俺で、彩蓮さまではありません。帰りましょう」

「ええ」

しかし二人が、妓楼に背を向けようとした時だった――

絹を裂くような女の悲鳴が聞こえてきたかと思うと、四人の男が建物から出て来て、赤い明かりの下で剣を振るうのが見えた。

「何かしら」

「彩蓮さま。いいですか。ここから絶対に動かないでください。絶対ですよ!」

皇甫珪は彩蓮にそう言いおいてから、騒ぎの方へと走って行った。暴れているのは都衞府の武官に見える。しかしなぜ、妓女を追い回しているのかは分からない。揉《も》め事《ごと》が中であったのかと思ったが、たまたま通りかかった通行人にまで剣を向けている。

「兄貴! 助けてくれ」

この一月、ずっと心配していた人物が皇甫珪に走り寄って来た。そして哲は、都衞府の武官たちを指差し、何かを訴えている。

その間にも通行人が二人、妓女が三人、斬殺される。なんの慈悲もない無差別な殺人だった。まるで操られているかのように淡々と仕事をこなしているだけで、誰かを特定して殺しているわけでもない。そしてその中の一人がこちらを見た。

殺気のある眼だ。

殺すことを楽しむ眼でもあった。

彩蓮は身震いをした。そして逃げようとした。けれど、その眼と合ってしまってからは、足がぴったり地べたとくっついて、一歩も動けなくなった。

「彩蓮さま！」

皇甫珪が、彩蓮に向かって走り寄ろうとしていた男の衣を掴《つか》み、その脚を蹴《け》って転がした。すると、三人の都衛府の武官が一斉に皇甫珪の背を襲う。

「禁軍を舐《な》めるな！」

禁軍は、選《え》りすぐりの武人たちで構成されている王を守る近衛である。治安維持と都で起きた事件の捜査をする都衛府とは格が違う。禁軍武官として自負のある皇甫珪はたとえ片腕であっても負けないだろう。剣を抜いて二人を斬って、最後の一人を頭突きで地面に叩《たた》きつけると、二本の脚で立ったまま、深く息を整えた。

「皇甫珪！」

その胸に飛び込んだ彩蓮を、彼は背に隠した。

すると最初の一人がぬくっと立ち上がると剣を握り直す。皇甫珪は、襲いかかる男の胴を蹴ってよろめかせると、すばやく鞘《さや》で顔面を打って倒した。彩蓮は状況がつかめず当惑した顔で皇甫珪を見上げた。

「いったいどうしたの？」

「都衛府の武官が酔って暴れたようです」

「酔って暴れた？」

彩蓮は通りに散らばる死骸《しがい》を見た。男も女も関係ない。こどもさえ、怪我をして火がついたように泣いている。振り返れば店の戸口に血の海があった。中にも死体があるのだと気づくと、さっと彩蓮の顔から血の気が引く。

「とても酒に酔っての様子には見えないわ」

「ですが、酔ったとしか考えられません。しらふで人を殺さないでしょう」

「そうかしら……」

いくら酔ったとはいえ、これほど残忍に殺すだろうか。一人ならまだ分かるが、四人が同時に酩酊し、殺意を覚えたとはとても思えなかった。だれか一人ぐらい、理性が残っていてもよかったのではないか。

「どけどけ！」

そこに野次馬を追い払いながら現れたのは都衛府の兵士たちだ。兵士を率いているのは見知った顔――郭雷。

「皇甫珪、これは？　いったいどうしたことだ――」

「お前の同僚が暴れて殺したらしい。証人は腐るほどいる」

彩蓮は、あたりを見回した。

隣近所の妓楼の客や妓女がこちらを見ていた。中には二階から顔を出している人もいる。腕を斬られた店主が出てきて訴えた。

「こちらのお方が都衛府の武官さまが暴れるのを止めてくださったのです。店の中もご覧ください。すごい有様です」

彩蓮は、すぐに倒れている人の脈を見たが、皆、急所を一撃に狙われて息はもうなかった。

「連れて行け！」

郭雷は皇甫珪が地べたに転がした男たちに縄をかけた。

「待ってくれ！　何でオレまで！」

抗議するのは、哲だ。

「やつらと一緒にいただろう！」

「でもオレは誰も殺してない！」

郭雷が笑った。

「そんなことは調べてみないと分からない。何をしている、こいつも捕らえろ！」

彩蓮は抗議しようとしたが、これは郭雷の務めだ。皇甫珪に止められて、唇を嚙《か》む。

「いったいこれはどういうことなのかしら……」

彩蓮は、兵士たちの怒声と女たちの泣き声の真ん中で、途方にくれた。あたりには、彼女以上に当惑している霊たちが、自分の死体を見下ろしてどうしたものかと、これもまた立ち尽くし、彩蓮に助けを求めていた。

3

それから数日後。まだ日も昇らない早朝のこと。

「彩蓮、ひさしいな。また一段と美しくなった」

突然、現れたのは、騎遼、この国の新しい王である。相変わらず、優雅な美男で、横を通り過ぎただけでいい匂いがする。その銀髪は冬の朝の光に美しく、父親の喪中のため、麻の衣を着ていても、高貴な人であることは隠しきれていない。

「あなた王さまでしょ？　こんなところに来ていいの？　しかもこんな寒い中、風邪でも引いたら大変じゃない――」

彩蓮は、慌てて寒い前庭に立つ人を自分の部屋へ案内した。火鉢を小間使いの小真《しょうしん》が持ってきて、部屋を温める。騎遼は珍しそうに室内を見回した。

「荷物が多そうだな？」

「荷物？」

「宮殿に引っ越してくるのに、荷車三十台は必要だなと思ったんだ」

「だれが、宮殿に引っ越すって？」

「もちろん、彩蓮、君だよ。王妃の座は君のために空けてある。荷物も好きなだけもってきていいよ」

騎遼は彩蓮の友である。

でも時々、王后《きさき》になって欲しいと冗談めかして言う。

王になったら、少しは宮殿の玉座で大人しくしているのかと思いきや、そんなことは全くなく、公子時代同様、お忍びでふらりと彩蓮を訪ねて来ては、こんな風に口説くのだ。

「それより、なんの用よ」

彩蓮は面倒くさそうに言った。

「都衛府の件だよ、彩蓮」

「ああ。よく知っているわね」

「無辜《むこ》の民が二十人も都衛府の兵士に殺されたのだ。知らないわけがないだろう？」

あれから、皇甫珪は事件のことを何も語らなかった。

彩蓮も語りたがらない皇甫珪に何も問うことをしなかった。それというのも、都衛府の武官が起こした事件であるので、民の間では大きな関心事となったからだ。事件の噂が広がるにつれ、新王に対する不満さえ耳にするようになって、興味本位で噂するのはよくないと彩蓮も思ったのだった。

「彩蓮に調べてもらいたいと思っている」

「わたし？　別に妖《あや》かしや霊の仕業ではないのだから、他の人に頼んだ方がいいわ」

「分かっている。でも彩蓮に頼むほかないんだ。俺は王座に就いたが、手足となる臣下が少ない。知っている通り慎重な性格でもあるから、誰でも信用できるというわけではないんだよ。それに、妖かしが原因ではないと言い切れるのか？　酔って暴れるにしては被害が大きすぎる」

「まあ、そうね……」

彩蓮は騎遼の推測に同意しても、簡単に諾《ダク》とは言いたくなかった。

騎遼にものを頼まれてろくなことがない。こういうことはちゃんと巻き込まれる皇甫珪にも伺いを立ててから決めたかった。だが、その当人は今、宮殿で徹夜の勤務に当たっている。まさか、王が貞家にいるとも知らないで。

「でも――」

「もし、引き受けてくれるというのなら、皇甫珪の小生意気な弟を牢《ろう》から出してやろう」

「哲のことを知っているの？」

「牢番からの報告では『こましゃくれた餓鬼』で、牢でも手を焼いているらしい」

さもあらん。

「分かったわ。手を貸す。どうせ断れる筋じゃないし」

　騎遼が微笑んだ。景国一の美男だと言っていい。艶《つや》やかな銀髪は絹糸のようで、それを髷《まげ》に結って翡翠《ひすい》の簪《しん》で留めている。普段は氷のように冷たい面差しだけれど、一度微笑めば、根は悪くないのが分かる。

「調べてみる」

「噂では天が新王を認めないために、悪鬼を地上に遣わして、起こさせた事件なんだそうだ。しかもこの噂は信じられないぐらいの速さで広まっている。王になって間もないうちに、こんな悪評を立てさせるわけにはいかない」

　彩蓮は頷《うなず》いた。

「酷《ひど》い噂ね。なぜ市井の事件が、天の意思にすり替わるのかしら？」

　彩蓮は、何かこの件には裏があるような気が確かにした。

「牢の都備府の武官たちの様子はどう？」

「すでに正気になったが、こと既に遅し。無実を訴えているとはいえ、目撃者も多く、言っていることに矛盾も多い。皇甫珪が二人斬っているので、その者たちの怪我は重症だ」

「兵士たちから話を聞きたいわ」

「手配はすでにしてある」

　彩蓮は頷いた。

騎遼が立ち上がり、彩蓮が出口まで見送ろうとすると、彼は立ち止まる。

「すまない。彩蓮」

「なに謝っているのよ。あなたらしくない」

「いつも危険なことに巻き込んでしまっている。父上が生きていたら決してお許しにならないだろう」

「手伝うのは友達だから当たり前のことよ。それにあなたを手伝うのは、あなたの父上への罪滅ぼしでもあるの。わたしのせいでお亡くなりになってしまったから……」

「君のせいじゃない」

騎遼の手が彩蓮の肩に載った。

見つめられる視線の強さに、思わず瞳《ひとみ》を伏せる。男の色気がある。気を抜くと、つい、ほだされてしまいそうになる力があるのだ。贈諡《ぞうし》されて今は文恵王《ぶんけいおう》と呼ばれる騎遼の父によく似ていて、その死に際を思い出すと申し訳なく思い、手を払えなかった。

「ごほん、ごほん」

わざとらしい咳払《せきばら》いが聞こえたと思うと、髭面《ひげづら》の大男が部屋の前に立っていた。

ちょうどいいところに、皇甫珪が戻ってきたのだ。

「大王」

彼は禁軍の兵士らしく、片腕で拱手する真似をし膝《ひざ》をついたが、騎遼は鬱陶《うっとう》しそうだった。口うるさい奴が来たという顔である。

「花の咲く頃は嵐が多いと言うが、まさにこのことだね」

騎遼は、邪魔するなと風流に呟《つぶや》いたが、残念ながら不調法者には通じない。

「お風邪を召したと伺って案じておりました」

「美しく清らかな彩蓮に脈を見てもらったらすぐに良くなった」

「それは良うございました。しかし、宮殿には太医《たいい》もおりますゆえに——」

騎遼が冷たい目をして皇甫珪を見下ろす。

「下級武官風情が寡人《おれ》に意見するのか」

「い、いいえ、小臣《おれ》はそのような——」

「話はすでに彩蓮とついている。お前はそれを手伝え。それだけだ」

騎遼の声は、絶対的な力がありながら、かすかに孤独の色合いがあった。彩蓮は少し騎遼を遠くに感じた。しかし、

「彩蓮」

騎遼が打って変わった優しい顔で振り返る。

「また宮中に遊びに来てくれ。宴《うたげ》をしよう」

「ええ」

彩蓮は、かくかくしかじかだ――と皇甫珪に騎遼の依頼のあらましを説明した。哲の釈放が認められることも告げたが、皇甫珪に喜ぶ様子はない。

「また彩蓮さまを危険に巻き込みます」

「すでに巻き込まれているわ。あの場にわたしがいたのを騎遼は知っているから、この件の調査を依頼したのでしょう。とにかく、哲を迎えに行きましょう。何かわたしたちの知らないことを聞けるかもしれないわよ」

「はい」

彩蓮は綿入りの白い上着を羽織って外に出ると、着替えを待っていた皇甫珪が手に息を吹きかけていた。自分の手を温めていたというより、彩蓮が手を握った時、冷たくては申し訳ないと思ったらしく、温めた手で冷たい彩蓮の手を包んだ。

「もう一枚、上着を持った方がよろしいのではありませんか。それだけでは寒いでしょう」

「着膨れるから嫌よ」

「牢などは冷たいものです。脱いだ時は俺がお持ちします」

それを聞いていた小間使いの小真が、部屋の中に走っていった。

彩蓮は中庭の真ん中で空を仰いでみた。西の空には凍雲《いてぐも》が山を圧するように、立ち込め、はらりはらりと雪がちらつく。

「お待たせしました。これをお召しください」

小真が持って来た白兎の毛皮を、皇甫珪は彩蓮の背に掛ける。首元が温かくなると、自然、体全体がほかほかした。

「ありがとう。小真。行きましょう、皇甫珪」

地面が雪に覆われ始め、雪が肩を濡《ぬ》らしても、彩蓮は気にしなかった。颯爽《さっそう》と階段を下り、門前へと歩き出した。

4

彩蓮は、昼前に司府《しふ》に着いた。そして冷たい前庭で、ずっとその長官である貞墨勇《ていぼくゆう》を待っていた。司府は刑罰を司《つかさど》る役所である。この景国では、刑罰は天意によって定められると信じられているので、その長官は王により巫官《ふかん》の中から選ばれていた。そして決断を表す玦《けつ》という白玉の耳飾りをして、神聖なる裁きを下すのである。つまり彩蓮とは同族で、墨勇は彩蓮の遠縁に当たる。

「彩蓮、待たせてすまぬのぉ」

「おじさま」

髪に霜を戴《いただ》く老人が現れた。

「新王の御気色はいかがであった？」

「わたしにはいつもと変わらなかったけれど、皇甫珪には嫌味を言っていたから、あまり機嫌は良くはなかったと思います」

「当然じゃ、陛下を卑しめる流言がまことしやかに囁《ささや》かれているのだからな。まだ親政を始めて間もないというのに、全くいらぬケチがついた」

「噂はおじさまのお耳にまで？」

「知らぬ者は都にはおらぬよ。貞冥殿も忙しそうじゃ」

彩蓮は、ずっと宮殿に詰めて最近とんと見かけぬ父親のことを思い出した。

きっとこの奇妙な都衛府の事件のことを父は占わせているに違いないが、芳しい成果があったとは墨勇は言わなかったから、父の貞冥は難しい立場に立っているかも知れない。

「彩蓮、さあ、寒いから、こんなところで喋《しゃべ》ってないで、行くといい」

「ありがとう。おじさま」

墨勇は黒い官服の袖《そで》の中から鍵を出して、彩蓮に手渡して去って行った。ずっと、後ろで控えていた皇甫珪が、鍵を手にした彩蓮を見て不思議そうにする。

「なぜ、都衛府に行かずにすぐに司府に来たのですか？　捕らえられた武官がここにいるとよくご存知でしたね」

「馬鹿ねぇ、事件を起こしたのは都衛府の武官よ。都衛府に幽閉を命じないわ」

「あ、ああ。なるほど、そうですね」

「それにここなら、わたしが調べやすいでしょ？　都衛府なら鍵を盗みにいかなければならないもの」

「王はそこまで考慮を？」

「もちろん。配慮はしてあるって言っていたわ。だからこちらに先に来てみたの」

「貞家をご信頼になってくださっているのですね」

「信頼するしか、騎遼には生きる道はない。強い後ろ盾があるわけでもなく、自分の智謀一つで王座についたんですもの。貞家は文恵王さま亡き後、いろいろ口を出して騎遼を廃することもできたのに、しなかった。騎遼がすがれるのは、今はお父さましかいない」

　皇甫珪は階段を彩蓮に先に譲る。

「先の事件では、貞家も多くの巫覡《ふげき》を失いました」

二つに分かれて戦った同族の者たちを貞冥は自ら大辟《しざい》とした。謀反を企てたのだから当然だった。でも、つらい決断だったのは言うまでもない。意見が異なるにしろ、彼らは貞家の家族だったのだから。

「どうぞ」

司府の武官が粗末な建物の戸を開けた。

すると中から、ぷうんと糞尿《ふんにょう》の強い臭いが漂って来た。ひどい衛生状況なのが、それだけで分かる。皇甫珪が、彩蓮を入り口に止《とど》めようとした。しかし彼女は臆《おく》することなく、その中に足を踏み入れた。

「ずいぶんひどいところね」

案内をしてくれた武官は、それに申し訳なさそうに答える。

「司府にいる者は、すでに墨《いれずみ》、劓《はなきり》、剕《あしきり》、宮《性器処分》、大辟の五刑のいずれかに刑罰が決まっている者です。ここには特に大辟の者たちを集めているのです。お嬢さまが入られるような場所ではありません。よければ、哲殿を外にお連れしましょうか」

「いいえ。気にしないでください。都衛府の武官たちとも話をしたいと思っているので一緒に行きます」

司府の武官は気丈な彩蓮に感心し、階段を案内した。そこに喚《わめ》いている声がする。

「おい、誰かいないのかよ！　オレは無実だ！　無実だって言っているのが聞こえねぇのかよ！」

どうやら、皇甫哲のようで、「ずっと、あの調子なのです」と案内をしてくれた武官は苦笑する。

「それは、ご面倒をかけました」

皇甫珪が小さくなった。

それでも、思っていたより哲は比較的いい環境にいるようで、戸に近く光が差す場所に一人入れられている。他の房では座るところもないほど囚人が詰め込まれていて非常に窮屈そうなのに、哲だけは小上がりの筵《むしろ》の上に身を横たえていたのは、貞墨勇か騎遼の配慮に違いない。

「兄貴！」

「哲！」

皇甫哲はすぐに兄に気づいて格子の外に手を伸ばす。

皇甫珪はそれを握ってやると、涙ぐんだ。情の厚い男は異母弟のことを本当に心配していたのだ。

「体は大丈夫か」

「ああ。兄貴、迷惑をかけて悪かった」

「いいんだ。そんなこと。それより早く出よう」

「出る？」

「彩蓮さまが掛け合ってくださったんだ。無罪、釈放だ」

皇甫珪がにこやかに扉を開けると、少年は無礼なほどまっすぐに、彩蓮を見た。その瞳《ひとみ》には嫉妬《しっと》が含まれているように見えたのは気のせいではあるまい。

「貞家の助けなんかいらない」

「なんだと？」

「オレはずっと牢《ろう》で考えていたんだ。兄貴は、以前は都に来たらいつでも訪ねて来いと言っていたのに、なぜ婿の話が出た途端、音沙汰《おとさた》がなくなったのか。おかしいと思って来てみたら、泊めてもくれず、貞家の女の言いなりだ」

「おい！」

「母上もそう言っていた。貞家は人を惑わすって」

皇甫珪の顔色が変わった。

「貞家が兄貴を変えたんだ」

「彩蓮さまを前に何を言うんだ」

「ならなぜ、ずっと田舎に帰って来なかった？　都の居心地が良かったんだろ」

「哲……」

「オレは……本当はただ兄貴に会いたかっただけなのに、邪険にしやがって——兄貴みたいな武官になりたかっただけなのに、会いに行っても『よく来たな』の一言もない。冷たいじゃないか」

ぽろりと本音が零《こぼ》れた皇甫哲。皇甫珪がその言葉に項垂《うなだ》れた。

「すまなかった。官職を得てから忙しかったんだ」

彩蓮は皇甫珪が弟の言動に怒ると思っていた。

しかし彼は謝った。

優しい性格の人だから、叱るより謝る方がたしかに合っている。でも弟を諭さないのは納得ができない。もしや、皇甫珪の家族が、貞家を疎ましく思っているから、二人の結婚の話が進まないのではないか。幾度も結婚の日取りを占っても吉と出ない理由はそれなのではないか。彩蓮は胸の動悸《どうき》を懸命に抑えた。

「わたしは、都衛府の武官の話を聞いてくるわ」

「彩蓮さま」

「二人でよく話し合って」

彩蓮はそう言うと、さっさと牢の奥へと進む。一緒にいたら、ただ嫉妬しているだけの哲を罵倒《ばとう》してしまいそうだった。すでに成人を迎えている彩蓮は怒りをぐっと堪《こら》え、そして代わりに意識を事件に集中させる。

――この房かしら？

民を二十人も殺した凶悪犯である。一番奥の牢に囚《とら》われていた。窓があり、光が差すが、開いたままなので、雪が中に舞い散っていた。彩蓮は上着の襟を押さえて、寒さに耐えると、思い切って声をかけてみる。

「あの」

牢の片隅に四人男たちがいた。どれも生気のない目で、四人のうち、二人は皇甫珪に斬られている。最低限の治療を受けているとはいえ、起き上がれるほどではないようだ。その中で、唯一、身を起こしていた男——三十代後半ぐらいだろうか、この中では年長の男が、真っ白な兎の毛皮を着た少女に訝《いぶか》る目を向けた。

「どなただ」

「わたしは貞彩蓮と言います。貞家の娘です。あなたは都衛府の武官のどなたですか？」

「……楊映《ようえい》という」

「わたしは、新王のご命令で、密《ひそ》かに事件のあらましを聞きに来たのです。何か事件のことで言うことはありますか？」

新王のご命令——という言葉を聞くと、無関心だったすべての目がこちらに注いだ。

「新王はなにゆえ、捜査をお命じに？」

楊映は格子を握って彩蓮に詰め寄った。

「王は都衛府の武官が民を斬るなど信じられないとおっしゃっていたの」

「では、王は我らを信じてくださっていると？」

「ええ」

それは嘘だ。

騎遼は誰も信じられない。

でもまさか、王である自分が批判されているから調査を命じたとは言えない。彩蓮は優しい笑みを向けた。

「酔って暴れたと聞いたのですけど、どれくらい飲んだのですか」

「ほとんど飲んではいません」

「飲んでいない？」

彩蓮は首を傾げて男たちを見た。

「誰も信じてくれないのですが、本当にほとんど飲んではいないのです」

「それはどういう――」

「ご令嬢、事件はまだ日が暮れたばかりの時間に起きたことはご存知ですか」

「ええ。やっと提灯《ちょうちん》の明かりが灯《とも》り始めた時分だったわ」

楊映は頷《うなず》く。

「私たちも妓楼《ぎろう》に上がって座ったばかりでした。ですから、飲んだのは乾杯の一杯ほどです」

「他に口にしたものは？」

「魚の羹《あつもの》を少し。それは注文せずに出てきたものです」

妓楼の座に上がるだけで金がかかる。その分、いくつかの料理が出てくることもある。都衛府の武官が飲むのは有名だから、常連なので頼まなくてもお通しが出てもおかしくなかった。

「他には変わったことは？　例えば、妓楼に行く前とか、皆で一緒に何か口にしたりしませんでしたか」

「この四人は皆、都衛府で働いていると言っても別々の部署に勤務しているのです。それ以前に共に何か食べたりはしていませんし、むろん酒は勤務中には飲みません」

「店は以前から予約を？」

「馴染《なじ》みの妓女を座敷に呼ぶには、前々からの予約が必要です。十日ほど前に使いをやって予約しました」

嘘を言っているようには見えない。

「脈を見ていいかしら」

楊映は袖《そで》を捲《まく》った。

彩蓮は二本の指をその手首に当てるも、既に時が経っていて脈からは何も感じ取ることができなかった。

「酒ではないのは確かです。現に――」

楊映は奥で傷に耐えている若い男を指さした。

「あいつは、夏諸《かしょ》というのですが、下戸なのです。乾杯の酒すら飲んでいません」

「まぁ」

「だから私たちが酔って暴れて民を殺したというのはおかしな話なのです。そうではありませんか」

「でもあなたたちが斬ったのは間違いないわ。わたしも見たんです」

「それは認めます。でも、何かがおかしい。それだけは新王にお伝えください。おれたちはきっと何かに操られていたのです」

彩蓮は難しく眉《まゆ》を寄せて、拝手する男たちに頭を下げると、牢《ろう》を後にした。入り口のところに皇甫珪がおり、ふてくされた少年も一緒だった。

「何か収穫はありましたか」

「都衛府の武官は酔っていなかったということぐらい」

建物から出ると雪がだいぶ積もっていた。

「彩蓮さま、今日はもう屋敷に帰りましょう」

「もう一箇所、寄るところがあるわ」

彩蓮は先に歩き出した。皇甫珪が続き、しぶしぶのていで皇甫哲が続く。

「あなたはもう自由の身。好きにしていいのよ」

哲は彩蓮を見つめ、そして顔を伏せた。どうやら兄にこっぴどく叱られた様子で、気まずそうに身じろぎをする。皇甫珪の方は、彩蓮の言葉が怒りからのものだと思ったらしく、弟の頭に手を載せて、無理やり下げさせた。

「申し訳ありません。田舎者で世間知らずなせいなので、お許しください」

彩蓮は皇甫珪に視線を移すと、なるべく冷静な声で言う。

「別に怒っていないわ。ただ、わたしは、引き続き調査に行こうと思っている。哲が田舎に帰るなら、今帰った方がいいと思う。また面倒を起こされても助けてやれるかどうかわからないわ」

すると、皇甫珪に促されて哲はしぶしぶ顔を上げた。

「すみませんでした。反省しています」

「本当に？」

「……はい」

いやいやなのは丸わかりだ。どうせ皇甫珪に、謝らなければ牢から一生出られないとでも脅されたのだろう。その態度は不本意そうだが、きかん坊が頭を下げたのだ。彩蓮も突っぱねることはできない。

しかも皇甫珪がその横から、眉を八の時にして許してやって欲しいと懇願の視線を送る。彩蓮はため息を一つこぼすと、笑顔になった。哲もきっと無実の罪で投獄されて苛立《いらだ》っていたのだろう。

「分かったわ。じゃ、行きましょう。事件のあった妓楼に行かないといけないの。哲、あなたも手伝って。何か思い出すことがあるかもしれない」

彩蓮は元来、根が明るいし、磊落《らいらく》な人だ。哲が無事に牢から出ることができてほっとしたし、本当のところ嬉《うれ》しくもあった。哲はむこうみずで、難しい年頃だけれど、悪い子ではないと思う。このぐらいの年の時は、彩蓮はもっと横柄な娘だったことを考えると、大人として哲を受け入れたい。

「がんばってね」

「よろしくお願いします」

雪の下、少年の寒さで赤くなった頬が、ほころんだ。

5

三人は妓楼の前に立った。

先日来た時は、赤々と提灯に火が灯り、男女の笑い声で明るかったというのに、今日は、店は固く戸を閉ざし、道を歩く人影もない。ただ枯木が、寒々しく通りに立っているだけで、その最後のひとひらの葉を、冷たい北風がさらってゆくから、彩蓮は寒さに襟を指で握り合わせた。

「きれいに片付けられているわね」

「犠牲者の葬儀もすでに行われたと聞きます」

路上の血痕《けっこん》は洗い流され、霊の姿ももうなくなっていた。雪もやんだから、静けさだけが、どこまでも広がっていて、辺りは急に寂れて見えた。

「誰かいないのか」

皇甫珪が戸を叩《たた》いた。

「なんの御用でしょう」

三度叩いて、やっと戸の隙間から初老の店主が顔を半分出した。片腕を布で吊《つ》っているのは、都衛府の誰かに斬られたからだ。すっかり面やつれしていた。

「事件のことを貞家が尋ねたいのだ。開けてはくれまいか」

皇甫珪が丁寧に言って、後ろに立つ白い巫姿の彩蓮を見せた。身分を示す佩玉《おびかざり》をかざせば、店主は頭を下げ、「どうぞ、お入りください」と今度は素直に戸を開けた。

中に入れば、白粉《おしろい》の匂いがし、見上げると、二階の欄干から、妓女の数人が何事だろうかと、ここそこ囁《ささや》き合いながら彩蓮たちを見下ろした。その横の壁にはまだ血痕が黒く残っている。

「都衛府の武官がいた部屋は二階ですか？」

「はい。しかし、部屋には誰も近づきたがらず、まだ片付けておりませんので、酷《ひど》いありさまでございます」

「大丈夫。死はわたしたち貞家の仕事ですから」

彩蓮は店主の案内で階段を一段ずつ上って行った。妓女《ぎじょ》たちは関わりを厭《いと》うようにさっと背を向けて奥に行ってしまい、話は聞けそうになかった。

「ここです」

戸が開かれて中を見れば、卓が倒れ、その周りに割れた杯の破片が散らばっている。紫色の帳《とばり》には大きな黒い染みがあり、それが血であるのは間違いない。

「酷いわね」

「ここで妓女が三人死にました」

店主は沈んだ声だった。

「突然、都衛府の武官は、ここで暴れ出したのですね？」

「そのように聞いています。何かこちらに落ち度があったというわけではございません。いきなり斬りかかってきたと目撃した妓女たちは言っております」

店主は項垂《うなだ》れた。こんな事件が起きては、商売はもうここではできないだろう。

彩蓮は、部屋の奥へと目を巡らし、倒れた花瓶をもとの位置に戻す。そして朱色の柱に生々しい剣の傷跡があるのを見ると、四人の武官がどれだけ暴れたか想像できた。指で傷に触れ、卓の方を振り返れば、何か違和感を覚える。

楊映は、この店で、まず魚の羹《あつもの》を食べたと言っていたが、それはこの部屋になかった。

「魚料理を出したと聞いたんです」

「はい。さようで。しかし臭うと嫌なので、料理は片付けたのです」

彩蓮は腕組みをする。

なぜ、料理だけ片付けたのか。

酒は零《こぼ》れたままらしく、強い臭いが残っているというのに——。

当然、彩蓮はまだ壺《こ》に残っている酒を舐《な》めたが異常はなかった。とすると、やはり怪しいのは料理である。

「武官たちは料理には、全部手をつけたのですか？」

「はい。美味《おい》しいと言って召し上がったようです」

「何の魚ですか？」

「そこまでは——」

「料理人はどこにいるんですか？」

店主は首を振った。

「店がこんなです。料理人の越正《えっせい》には暇をやることにしました。住み込みなのでまだいるかもしれませんが、既に給金は渡してあるので、どうでしょう。いるならば裏手にある離れです」

「行きましょう」

彩蓮は、店主に怪しい様子はないか窺《うかが》いながら階段を下りた。

「おい、皇甫珪」

階段を降りると、そこには見知った顔が一つあった。

郭雷である。

非番なのだろう。黒い襦袴《じゅこ》と呼ばれる兵士が好む動き易い上下二部の平服で、いつものような武具を身に着けていない。ただし使い込まれた剣はしっかりと佩《お》びている。

「どうした？」

皇甫珪が尋ねた。

「仲間が、捕らえられているんだ。何か手がかりはないか、探しに来たんだ」

「そうか」

「なぁ、調査を貞家がしているのなら、俺も加わらせてくれないか」

「お前を？」

人のいい皇甫珪は断るということができない。

これは騎遼から頼まれたことなので、彩蓮は皇甫珪の友人とはいえ、都衛府の人間の手を借りたくなかった。公正な目で調べなければならない事案だからだ。彩蓮ははっきりと断ろうとした。

「ごめんなさい——わたしたち——」

ところが、その時だった。

女の叫び声が建物の奥からして、その場にいた全員がはっとして顔を見合わせると、一斉に走り出した。裏戸を飛び出て、庭に駆け込み、北側の藁葺《わらぶ》きの屋根の建物を目指した。炊事の使用人だろうか、手に持っていた桶《おけ》を落としたまま、拾うこともせずに、その前で震えている。

「どうした？」

皇甫珪が尋ねると、女が中を指差す。

「越正さんが……越正さんが……」

その続きの言葉は待っても出てこなかった。

彩蓮たちは部屋の中に入って、息を飲んだ。

「なんてこと」

彩蓮が言葉を失ったのも無理はない。部屋の奥で男が梁《はり》に縄をめぐらし、ぷらりぷらりと首を吊っていたのだから。皇甫珪と郭雷が慌てて体を地べたに下ろしたが、既に事切れていた。

——幽霊もいない。

彩蓮はあたりを見回した。

部屋の隅にある小さな机の上に竹簡を見つけた。彩蓮はそれを手に取って見た。なかなか上手な字で何か書いてある。窓を開けて、光の下でそれを読んでみた。

「お許しください。料理に誤って師魚《しぎょ》を使ってしまいました。この罪は死んで償います。越正」

自殺。

その二文字が頭をよぎる。愕然《がくぜん》としたのは、しかしほんの瞬きほどの間だ。彩蓮はすぐに我に返ると男たちに命じた。

「誰か、役人に知らせに行って」

「俺は都衛府に知らせてくる」

郭雷はさすが都衛府の武官だ。誰よりも早く立ち上がり、役人を呼びに走ってくれた。彩蓮はもう一度、死体に近づくと、じっくりと観察する。死んだばかりの遺体のそばにはたいてい幽霊がいるものなのに、それがいないということは——。彩蓮は、どうも引っかかる。

「皇甫珪、これは自殺？」

「殺しのように思います」

「どういうこと？」

皇甫珪が、死体の首を彩蓮に見せた。

「首に絞められた痕があります。ほら、ここと、ここ。絞殺された後、吊《つ》るされたと見る方が正しいかと思います」

彩蓮もそれを見た。一本目は、細いよじれのある縄で、首の後ろまであとがついており、もう一本はもっと太い縄だ。

「そうね」

店主が真っ青な顔でそれに付け加える。

「これが先程申し上げた料理人の越正です。自殺するはずなどございません。昨日だって自分の店を持つんだって生意気に言っていたのですよ。それに越正は字が書けない」

「え？」

「いえね、字は多少書けますよ。ただ先日の騒ぎで右手を怪我している。どうやって書くというのでしょうか」

彩蓮は竹簡に書かれていた師魚という言葉をもう一度見つめる。

師魚とは魚の妖《あや》かしである。

それを食べると人を殺すと言われており、毒性が強い。ただし、景国で獲《と》れるなどという話を彩蓮は、聞いたことがなかった。越正が知らずに他の魚と誤っても不思議ではない。

「越正は殺されたのね」

皇甫珪が頷《うなず》き、哲が不安気に彩蓮を見た。

6

翌日、彩蓮たち三人が、向かったのは、越正が師魚を買ったと思われる市場である。

馬車で都を出て、明河《めいが》の畔《ほとり》までやって来た彩蓮たちは、妓楼《ぎろう》の主人に聞いた通り、船着き場の近くの市を探した。残念ながら、もう昼をとっくに過ぎていたので、殆《ほとん》どの漁師も魚屋も商売を終えており、売れ残った魚を売る店が、わずかに生臭い臭いを放ちながら、ちらほら並んでいるだけだった。

「お腹が空《す》いたから何か食べましょう」

彩蓮の腹は正確だ。一日に三度三度、時間をちゃんと告げる。捜査より、腹ごしらえの方が今は先決で、同じく腹の虫が鳴いた皇甫哲も、異議を唱えることはない。

「港の近くだから、きっと美味《おい》しい魚が食べられるわ」

港を出て、すぐ右に曲がると、香ばしい香りが漂って来た。彩蓮は露天で串刺《くしざ》しの魚を売る、なかなか活気のある店に目星をつけると、外の椅子に座った。淡水魚、カマツカだろうか。このあたりではよく獲れるのでそれを専門に扱っているらしい。店構えは酷《ひど》いものだが、こだわりはありそうだった。

「いらっしゃい」

陽気な女将《おかみ》が箸《はし》を持って来た。

腹を空かせていたのだろう。哲がやっと明るい顔をしてそれを受け取り、皇甫珪と彩蓮にそれぞれ渡す。

「好きなだけ食べて」

騎遼が調査費を置いていったから、懐は温かい。こんな庶民の店なら、いくらでも平気である——と思ったが、育ち盛りの十三歳。哲の食欲はこちらを唖然《あぜん》とさせるほど旺盛《おうせい》だった。しかも、牢《ろう》に何日も入れられて、まともなものは食べさせてもらえていなかったようで、なおのこと、卓に運ばれてくる魚は皆、哲の腹に入った。

「おばちゃん、もう一皿、おかわり！」

口にまだ魚を頬張りながら、皿を持ち上げて、女将に頼む哲の声は呆《あき》れるほど威勢がいい。

彩蓮は苦笑した。

ここまで遠慮がないと逆に清々《すがすが》しい。

「あの……彩蓮さま、申し訳ありません」

十匹目の魚を頬張る哲の横で、皇甫珪が代わりに謝る。彩蓮は、それには答えず、庶民の味方、豆の葉の羹《あつもの》を追加してやった。増量の意味も含めて、黍《きび》飯も注文する。

「あら美味しそう」

出てきた黍はふっくらと炊けていていい匂いがした。決して、上等なものではないが、工夫して炊いてから蒸しているので、よく火が通って柔らかいのだ。

「うまい！」

「それは良かったわ」

彩蓮も一匹、カマツカを頬張る。彩蓮の手のひらぐらいの大きさの小ぶりのもので、身が細いので食べられるところは思ったより少なかったが、味は淡白でなかなかいい。油で揚げたものは、臭みがなくて、身がしまっていて至福である。

「聞きたいことがあるのだけど」

彩蓮は上客に機嫌のいい、女将に尋ねてみた。

「越正という料理人を知っている？　都の人なのだけれど」

「ええ、知っていますとも。都の大きな妓楼の台所を一手に任されているという人でしょう？　ここにもたまにお見えになります」

「その越正なのだけど、首を吊っているのが、見つかったの」

「ええ？」

女将は口をあんぐり開けて驚いた。

「それはまたどうして？」

「料理に間違いがあって、それを苦にして亡くなったと遺書らしきものが見つかったわ」

女将は首を振る。

「そんな人じゃ、ありませんよ。魚の目玉を見れば、昨日の夜、獲れた魚か、今朝方の魚かまで分かる御仁でしたよ。あの人に変なものを掴《つか》ませようとする仲買人や漁師など、一人もいやしません」

「そう……」

彩蓮は顔を上げた。

「越正が普段取引していた漁師を知りませんか」

「それなら燕基《えんき》さんでしょう」

女将は一人の男の名前を告げると、その家への行き方を地面に描いてくれた。ここからそう離れてはいないようだ。彩蓮は礼を言うと、勘定を終えて歩き出す。まだ食べ足りない哲は串刺しの魚を二匹持って追って来た。

「いいお天気ね」

雲が消え、青い空が広がっているのを見れば、連日の雪が嘘のようだ。

春のようなからりと晴れた日だった。

ただ、道の左右に掻《か》かれた雪が溶け始め、泥と混じって彩蓮の靴を汚すので、歩く時は慎重にならなければならなかった。特にお気に入りの靴は高価なもの。汚したくない。

彩蓮は足元に注意しながらしばらく下を向いて歩いた。そしてどれほど歩いただろうか、前を行く皇甫珪の足がぴたりと止まると、つられて立ち止まった。

「このあたりだと言っていましたが」

露店から、まっすぐ河の方へと歩いて行き、言われた通りに小道を右に曲がった。すぐに数件のあばら家を見つけて見回したが、どれがその漁師の家なのか分からなかった。

「オレ、聞いてくる」

哲が気を利かせて隣家に聞きに走ってくれて、すぐに戻ってきた。

「あの家だって」

それはここから三軒向こうの家だった。粗末な家で、河からの風にやられるのか、家自体が陸側に少し傾いている。近づいてみれば、その軒先には網を修理する人の影が一つ――。日に焼けた五十代の皺《しわ》の多い男だった。

「あの――」

彩蓮が声をかけると、相手は、胡散臭《うさんくさ》そうにこちらを向いた。無精髭《ぶしょうひげ》が顔を覆っている。

「誰だ、あんたたちは」

ぶっきらぼうな口の利き方だったので、皇甫珪が警戒して彩蓮の前に出るも、彩蓮は臆《おく》するところがない。

「あなたが、燕基さんですか？」

男は答えないが、顔を背ける様子に本人に間違いないと彩蓮は思った。

「聞きたいことがあるんです」

「何も知らん」

燕基は荒っぽくそう言うと、再び作業に戻ってしまった。彩蓮はその横に座った。

「越正を知っていますか？　首を吊《つ》って死んだの」

漁師の手が止まった。

「今、自殺か他殺か調べているところなんです。あなたは彼に魚を卸していたと聞きました。越正が、事件に巻き込まれていたという話を聞いたことはありませんか？」

彩蓮は優しい声音で言ったが、燕基は網を放り投げた。

「うるせぇな！　仕事の邪魔だ！　帰れ！」

燕基が彩蓮を突き飛ばして立ち去ろうとする。すぐに皇甫珪が、その手をねじり上げ、彩蓮の前に引きずり出した。

「お尋ねになっていることに答えろ、無礼者！」

彩蓮は慌てて皇甫珪を止めた。

「いいの、怪我はないから放してやって」

「こういう荒くれ者は彩蓮さまが思う以上に危ないのです」

皇甫珪は、漁師が彩蓮に手を上げたことに腹を立てているらしかった。しかし、どんなに絞り上げても、漁師は何も言わず「知らねぇ」を繰り返し、何一つ口にしようとはしない。その頑《かたく》なさが、何か知っているのだろうと思わせたが、彩蓮は都備府の役人ではない。拷問して口を割らすわけにはいかなかった。

「行きましょう」

彩蓮は諦《あきら》めた。また来て説得すればいい。

そう思ってあばら家を後にすると、すでに日が暮れ始めていたことに気づく。冬の昼は短く、墨絵のように黒く滲《にじ》んだ闇が雲と共に広がり、来た道は暗くてどこにあるかさえもう分からない。泥濘《でいねい》に足を取られながら進むと、皇甫珪が見ていられなかったのか、手を握ってくれた。

「彩蓮さま、足元にお気をつけて」

「ええ。ありがとう」

それをじっと後ろから睨《にら》む視線を感じる。

「なんだ、哲」

皇甫珪が振り返れば、哲は言い返した。

「結婚していないのに、手を握るなど、破廉恥だ」

「破廉恥……」

思わぬ言葉が十代から出てきて、皇甫珪と彩蓮は顔を見合わせぷっと吹き出す。皇甫珪が弟の頭をこづいた。

「お前が心配することではないし、これくらいで破廉恥とか言うな」

でも、それでなんとなく二人は居心地が悪くなった。そういう目で見られると、確かに指を絡めて手を繋《つな》いでいるのは、破廉恥に思えてくるから不思議で、二人は手を離した。

「早く帰りましょう」

気恥ずかしくて、そう言った時、彩蓮は何かを聞いたような気がした。鳥の鳴き声だったかもしれない。

「ねぇ、何か聞こえなかった？」

「いいえ？　何がですか？」

皇甫珪も哲も首を横に振る。

彩蓮は暗い一本道を振り返って見る。左右に草が生える寂しい田舎道だ。明かりがぽつりぽつりとあるのは民家で、その一番遠いのが、漁師の家だった。

「助けてくれぇ！」

今度は確かに聞こえた。しかも助けを求める声だ。皇甫珪と哲も顔を見合わせ、同時に走り出す。彩蓮もその背を追った。泥が跳ね、頬を汚したがそれどころではない。声は切羽詰まり、物が倒れる音もする。

「助けてくれぇ！　誰か！　誰か！」

漁師の家に着けば、覆面をした黒衣の男が漁師の燕基を殺そうと剣を振るっていた。逃げ惑う漁師に、剣は下ろされるが、間一髪で避《よ》けて、籠《かご》が真っ二つに割れて転がった。皇甫珪が走り寄り、漁師を助けようとする。

「そいつを放せ！」

皇甫珪が得意の足蹴《あしげ》りを覆面の刺客に仕掛けた。ところがそれは相手の腕で阻まれ、逆に拳《こぶし》を胸に受ける。

「うっ」

怯《ひる》んだ一瞬の隙だった。

男は皇甫珪を突き飛ばして土塀を軽やかに飛び越えて逃げた。

皇甫珪はそれをすぐに追おうとした。

「行かなくていいわ」

彩蓮が鋭く言う。

「仲間が他にいるかもしれない。哲だけではここは守りきれないわ」

皇甫珪は頷《うなず》くと、座り込む燕基に駆け寄る。腕からかなり出血していた。彩蓮はそのかたわらに座ると、哲に手当のための水を汲《く》んでくるように言いつける。

「大丈夫？」

「なんとか……」

バツが悪そうに俯《うつむ》く男――彩蓮は、その腕を哲が汲んできた水で綺麗《きれい》に洗い流すと、手巾《しゅきん》で縛る。彩蓮は尋ねた。

「刺客に心当たりは？」

「し、刺客――」

刺客という言葉に驚く燕基に彩蓮は呆《あき》れてしまう。

「あれが刺客でなくて何？　あなたの命を取りに来たのよ」

「…………」

「師魚について何か知っているのではない？」

男ははっと彩蓮を見る。

「師魚を越正に渡したのはあなた？」

　男はぶるぶると震えだした。

「越正は自殺に見せかけて殺されたものだとわたしたちは見ているの。師魚について知っていることがあれば、教えて欲しい。あなたの身も危険だわ」

　多く出血したからか、刺客に襲われた衝撃からか、漁師の顔は真っ青になった。

「名乗るのが、まだだったわね。わたしの名は貞彩蓮。この事件の調査を任されている」

「貞家の――太祝さまの――」

「そう、その貞家、太祝の貞冥は父よ。だから安心して教えて。どうしてあなたは狙われたの？　師魚を越正に渡したのはあなたなの？　都ではすごい騒ぎだったわ。師魚を食べて害に侵された武官が妓楼《ぎろう》で人を二十人も斬ったの。それは知っている？」

「いや――」

「越正の次に狙われたのはあなただわ。また刺客がやってくるかもしれない。これは大きな事件だから、刺客もあなたの口封じをするのを諦めないでしょう」

　漁師の年輪を刻んだ手が、小刻みに震えながら、懐から巾着を出した。ずっしりと重いそれを彩蓮の手のひらに載せる。

「これは――」

「もらった金だ」

「誰から貰《もら》ったの？」

「知らない男だ。飲み屋で出会って……金をやるから魚を一匹、越正に卸す魚に混ぜろと——」

漁師は泣き出した。

「なんてこった……越正の奴——殺されちまったのか……信じられねぇ」

彩蓮はその背を撫《な》でながら尋ねる。

「越正は師魚だと知っていたの？」

「いいや。知らなかった。師魚はこのあたりでは珍しいし、見せても別に何も言わなかった。飲み屋で出会った男に言われた通り、『都衛府の役人には世話になったことがあるから、これを肴《さかな》に出してやってくれ』と言ったら、越正は快諾したんだ」

「世話になったという役人の名は？」

「たしか——楊映」

魚自体は、飲み屋で出会った男が、樽《たる》に入れて持ってきたという。漁師は越正に淑《しゅく》国《こく》でよく獲《と》れる別の魚の名を言って偽ったそうだ。

彩蓮はうーんと唸《うな》る。

越正が師魚だと知らなかったのなら、やはり遺書は偽造となる。

「さっき襲ってきた刺客に心当たりは？」

「俺に飲み屋で声をかけて来た男と同じだと思う」

「顔はどんな？」

「なかなかいい男で、ああ、そうだ。首の後ろに痣《あざ》あった」

それだけでは手がかりにならない。

しかし、漁師は唯一、その男を見た証人だ。保護しなければならなかった。

「行きましょう。隠れ家を用意するわ」

都の雑踏に紛れ込ませてしまえば、漁師一人隠すのは難しいことではない。彩蓮は手を貸して漁師を立ち上がらせると、踵《きびす》を返す。

ところが、気を許したその時、何かが頬すれすれを横切った。

箭《や》だと気づいたのは、漁師を振り返った後だった。彼は腹を押さえて苦しみ、倒れ込むと呻《うめ》いた。彩蓮は箭が放たれた方向を見た。黒い影は既に消えている。皇甫珪が追いかけたが、追いつけまい。

「大丈夫よ。しっかりして」

「ああ……」

彩蓮は必死に止血を試みるも、どんどんと燕基の息は絶え絶えとなる。哲が、泣きそうな顔で「助かるんだろう。なあ、助かるんだろう？」とすがりつくけれど、彩蓮にもどうすることもできなかった。霊力を手のひらから出して、死を防ごうとするも、白い光は跳ね返るばかりで、男の体の中に入ってはくれない。人の命は、天寿だと天が定めれば、誰にも命を助けることはできないからだ。

しかも、だんだんと体から霊が抜け出して、彩蓮を見ると漁師はお辞儀する。まだ諦《あきら》めたらだめだと、彩蓮は、立ち上がりかけたが、既に霊は暗闇の中に消えて行ってしまって、引き止めることもできなかった。

「申し訳ありません。逃しました」

皇甫珪も手ぶらで戻ってきた。彩蓮は、血のついた手を盥《たらい》の水で洗って、皇甫珪の差し出した手巾《しゅきん》で拭《ふ》いて言う。

「こちらもだめだった。もう息がないわ」

哲ばかりが子供のように泣いていて、続く死体と殺人を恐れていた。重犯罪の捜査を取り扱う都衛府の雑用係に志願したわりに、ずいぶん小度胸だ。しかしそれも仕方ないのかもしれない。目の前で人が箭に射られ出血死すれば、普通なら驚くのは当たり前だろう。彩蓮は頭を撫でてやり、そっと労《いたわ》る。

「大丈夫。大丈夫。もう帰りましょう」

彩蓮も疲れていた。

知っていることは首の後ろに痣のあるいい男、ということだけだ。そんな人間はこの国にごまんといる。手がかりはほとんどない。

「師魚はいったいどこから来たのかしら」

彩蓮は、瞬く夜空の星々に尋ねた。

7

翌朝、師魚について調べるために、彩蓮はカビ臭い貞家の書庫へ向かった。

小真が暗い書庫の窓を開けてくれ、すでに必要そうな竹簡を机の上に積んでくれてあった。まず、妖《あや》かしについて書かれてある「千妖百蟲絵図《せんようひゃっこえず》」を開く。彩蓮は細い指先で文字を追った。しかし——

「これを喰《く》らうと、人を殺す」

千妖百蟲絵図における師魚についての記載はただそれだけだった。他の書物を見ても、同じようなものだ。そもそもとてもめずらしい魚で、手に入れるのは困難である。一般の人間の仕業とはとても思えない。彩蓮は机に顔を伏せた。

「どうしたら、いいのかしら」

「それはですね」

梁《はり》のところでフラフラ白いものが浮遊しているのは、高明《こうめい》である。元は商人の中年幽霊で、なかなか世間に明るく、彩蓮の良き相談相手なので、今日も行き詰まった捜査に付き合ってもらう約束をしていた。

「何かいい考えある？　漁師には家族もいないし、親しい人もいないから、近所の人も、誰が師魚を漁師に渡したのか、知らないの」

「そういう時はですね、初めに戻るといいと言います」

「どういうこと？」

彩蓮は起き上がった。

「もう一度、妓楼《ぎろう》に行ってみたらどうでしょうか」

高明は、梁からひゅるりと机に下りてきた。

「お供しますよ」

皇甫珪は宮殿に出仕して貞家にいない。一人で出かけるなとは言われているけれど、次にいつ皇甫珪が休みになるか分からないから、待ってはいられない。いつものように、こっそり屋敷を抜け出して、高明と小真を供にするのがいい。彩蓮は絹の靴を、雪道用の革靴に履き替えると、戸をそうっと開く。

ところがだ。

「どこに行くんだ」

裏門を三人で出ようとした時、呼び止める声がする。

振り返れば、案の定、皇甫哲である。

腰に手を当てて、あたかも彩蓮を見張る番犬のように立っているではないか。

「哲――」

兄が母親の蘭容に頭を下げたおかげで、しばらく皇甫哲は、貞家にいることが認められた。その代わりに、彩蓮が勝手に外出しないように見張れと兄から命じられたので、いつも目を光らせていた。

「すぐに帰ってくるわ。お土産を買ってきてあげる」

「……兄貴にあんたを見張っているように頼まれた」

「ちょっとそこまでお買い物に行くだけよ」

彩蓮はやっかいな少年を相手にしてため息混じりだ。

「ならなんでこそこそしているんだ」

そもそもことの起こりが、哲が捕まったせいだった。そうでなければ、騎遼と取引などせず厄介事に関わることもなかった。それなのに、彩蓮の行動を止めるとは。兄の皇甫珪ですら、彩蓮にはもっと遠慮しているのに、皇甫哲ときたら、兄の前だと丁寧な言葉遣いなのに、いないとぞんざいになる。

彩蓮はつかつかと少年の顔の前まで近づいた。

「余計なことに首を突っ込まないでくれる？」

「偉そうにするな」

「なんですって！」

彩蓮は無礼な物言いに声を荒らげた。一触即発。どちらも短気で、喧嘩《けんか》っ早い。

「深窓の令嬢っていうのは、邸《やしき》の奥深くに暮らして外出しないものだぞ」

「わたしはそういうんじゃない。巫官《ふかん》になるのが夢なの。邪魔しないで」

「巫官だって？　なれるわけないじゃないか」

「なれないと思う根拠はなに？」

皇甫哲は鼻で笑った。

女には務まらないと思っているのか、彩蓮には荷が重いと思っているのか。未熟とはいえ、家の仕事を手伝い、巫《かんなぎ》としてがんばっているのを、よく知りもしないのに否定されたような気がして腹が立った。

そもそも兄の命令だかなんだか知らないが、邪魔立てするのを彩蓮は許せない。

「我慢です、彩蓮さま」

しかし、しっかり者の小真が、彩蓮の袖《そで》を引いて囁《ささや》く。言いたいことを彩蓮はぐっと飲み込んだ。小真と哲は、同い年なのに、どうしてこんなに違うのか——と思って小真が親を亡くし、妹の小春を一人で育てていることを思い出す。甘やかされて育った哲とは違った。

「どこに行くんだ」

「妓楼」

彩蓮はぶっきらぼうに言った。

すると、急に哲は元気がなくなる。虐殺現場で、しかも首を吊《つ》った死体を見た衝撃からまだ抜けていないようだ。彩蓮はそのすきに少年を押しのけて門を出た。しかし、哲はそれを追いかけてくる。

「ついて来ないで」

「ついて行くに決まっているだろ。兄貴に頼まれたんだからな」

――田舎に帰すように皇甫珪に言うんだったわ。

後悔しても遅い。

彩蓮は上着を小真に預け、哲を撒《ま》こうと人の波を縫って走った。ほんの少しの間も一緒にいたくなかった。相性は最悪だ。

「待て！」

少年の声が喬陽の都に響いた。

「確か、この辺りだったような気がするけれど」

彩蓮は、紅楼の前に立つと、あたりを見回した。

妓《ぎ》楼《ろう》街は、昼間は静かだ。人通りも少なく、皆、戸を閉めているので、建物がどれも同じに見える。こういう時に頼りになるのが、高明である。生きていた頃は、そこそこの金持ちで、妓楼も商談によく使っていたのだと言って、道案内をしてくれた。

「この角を曲がったところです」

彩蓮もそこまで来ると道を思い出した。二階建ての提灯《ちょうちん》が垂れた建物で、前回とは逆方向から来たので、分からなかったのだ。

「誰かいるといいけど」

彩蓮は店の戸を叩《たた》こうとした。手を宙に浮かして拳《こぶし》を握った時、背後に黒い影を感じた。不思議に思って、ゆっくりと振り返ると——突然、剣を持った男が飛びかかり、その切っ先が彩蓮の首に当たった。

「誰?!」

黒衣の長身の男で、覆面をしていて顔は見えない。

彩蓮は口を後ろから押さえられたが、落ち着いて鼻で息をし、目的を聞き出そうと言葉を探す。しかし、気が動転した皇甫哲が、震える手で剣を抜き、「手を放せ！」と怒鳴ると状況は一変して男にも緊張が走った。どう見ても、黒衣の男は、玄人の殺し屋で、哲では彩蓮を守れるとは思えないのに、変に勇敢で、健気《けなげ》だ。

——どうしよう。

彩蓮は左右を確認した。

頭上には幽霊がいる。大した霊力があるわけではないが、一瞬隙を作るぐらいの衝撃を男に与えることができるだろう。その隙をついて、振り返りざまに、霊力を使って撃退する――それが考え得る最善の策だ。

彩蓮は高明に目配せをした。

高明は何も説明せずとも頷《うなず》き、すぐに男の後ろに行くと、ある霊力すべてを拳に込めて男の頭を叩いた。ただ、それは残念ながら、髪の毛を一本、引っ張られた程度の痛みしかもたらさなかったようで、男は振り返りもしなかった。それでも彩蓮は男の鳩尾《みぞおち》を打つ。そして間髪をいれずに、呪《じゅ》を唱えた。

しかし、男はすぐに剣を持ち替え、彩蓮に呪を発する機会を与えない。彩蓮は後ろに飛び退《すさ》ってそれをぎりぎりで避《よ》けた。

――こんなに堂々と、昼襲って来る自信はなんなの？

彩蓮は指を二本、空に立てて構えた。彩蓮の腰から下げる佩玉《おびかざり》の玉が、左右に大きく揺れた。

「わたしが誰か知っていての狼藉《ろうぜき》ね」

「この件から手を引け。さもなくば、次は容赦しない」

くぐもった声でそれだけ言うと、男は路地を走り去った。向こう見ずな哲が追おうとしたが、彩蓮は腕を摑《つか》んで止めて、高明に追跡を命じる。

「危ないところでしたね、彩蓮さま。お怪我はありませんか」

震えているのを寒さのせいと思ったのか、小真が、彩蓮の上着を背に重ねてくれた。

皇甫珪がいる時、こういう場面に遭遇しても恐ろしさというものをあまり感じないが、やはりあの髭面《ひげづら》大男がいないと不安は後から出てくる。

「大丈夫よ」

彩蓮は心配をかけまいとそう言って、袖の中に震える手を隠した。小真は剣を嗜《たしな》まないが、気遣いはある。とてもありがたかった。

「彩蓮さま、もう帰りましょう。調査は皇甫珪さまがお戻りになってからでも遅くはありません」

小真は彩蓮の背中を押して歩き出し、剣を納めるのも忘れている哲に声をかける。

「行くぞ。彩蓮さまをお守りするんだ」

「お、おう」

哲は言われるままに彩蓮の後ろを守ったが、妓楼《ぎろう》街を抜けた辺りで、知っている顔とばったりと会う。

「郭雷さん」

哲が嬉《うれ》しそうに都衛府の武官に駆け寄った。

「どうしたんだ。皆、神妙な顔をして」

「そこで刺客に狙われたんです」

「なんだって」

郭雷は驚いて、都衛府の役人を呼んで来ようと言ってくれたが、彩蓮はそれを止めた。高明が探しに行っているはずだし、大事にすれば、父の貞冥の知るところとなる。

彩蓮は頑《かたく》なに役人を呼ぶのを拒み、郭雷を呆《あき》れさせた。

「貞家のお嬢さん。なら、せめて俺が送っていこう」

「大丈夫です」

「供は子供を連れているだけじゃ危ない。家まで送って行く。でなければ、俺が皇甫珪に殺されるからな」

郭雷は彩蓮の横に並ぶと、彼女の歩調に合わせて歩き出す。なんとなく好きになれない男だが、こういう時は頼りになるように感じる。

だから彩蓮もそれ以上、断り辛《づら》くなり、厚意に甘えることにした。正直言えば、また襲われるかも知れず、怖かったのだ。

「どうだ？　どこも怪我をしていないか」

「大丈夫です」

「ならよかった」

郭雷は皇甫珪の友人とあって、気さくな男である。天気のことから始まり、どこに新しい店が開店しただとか、誰それが結婚しただの、街の噂話を面白おかしく話してくれた。しかし、しばらくしてふと会話に沈黙ができたかと思うと、彼は、わずかに上ずった声で彩蓮に尋ねた。

「事件のことを調べているようだが、誰に頼まれた？　何か肝心なことを突き止めたのか」

彩蓮は首を振った。

「いいえ。何も摑めていないんです」

「悪いことは言わない。こういうことに首を突っ込むのは危険だ。命がいくつあっても足りないぞ」

「分かっています。わたしだってやりたくてやっているんじゃないんです」

「誰がこんな危険なことを頼んだんだ？　貞家はなぜ関わる？」

「別に貞家は関わっていません」

「それはどういうことだ。貞家が関わっていないなら、なぜ、調べている？」

郭雷はだんだんと強い口調になっていた。彩蓮は怖くなって足を止めたが、すぐにまた歩き出した。郭雷は、なお、彩蓮に誰に頼まれたのか聞き出そうとした。何かが変だ。どうしてこんな人気のない細い道を行くのだろう。そう思った時、真っ青な顔を更に青くした高明が、戻ってきた。

「彩蓮さま！」

そして郭雷を指差す。彩蓮ははっとした。なぜ、郭雷は偶然、彩蓮たちと会ったのか。この前、妓楼で会ったのも本当に偶然だったのか——。

彩蓮は、金の入った巾着《きんちゃく》を落とした。

「落ちたぞ」

郭雷は屈《かが》んで、巾着に手を伸ばす——彩蓮は、確かに見た。襟に隠れた男の首に赤い痣《あざ》があるのを——。

8

彩蓮は手足が震えて止まらなくなった。

皇甫珪の友であり、彩蓮も知っている人物が、大罪人だとするならば、どうしたらいいのだろうか。さっきまで一緒に笑っていたというのに、今は、知るべきでなかった秘密を知ったせいで、深い恐れを彼に抱いてしまっている。

郭雷が犯人だとしても、その背後には誰かが必ずいるはずだ。師魚は都衞府の下級武官が手に入れることができる代物ではない。

彩蓮は後退った。

「どうした？」

郭雷は巾着をなかなか受け取らない彩蓮を訝《いぶか》っていた。彩蓮は震えそうな手でそれを受け取るとすばやく懐にしまう。

「なんでもないです」

郭雷の視線は、なお彩蓮に注ぐ。彩蓮の体が震えた。ゆっくりと近づいてくる男は、既に彩蓮に疑いの目を向けている。ここで、追及すべきか、それとも時を改めるべきか――。

「どうした？　怖い顔をして。何か恐ろしいものでも見たのか」

郭雷があざ笑うように言った。気づいているのだ。彩蓮が、漁師や料理人を殺した犯人が郭雷だと知っていることを。

「そんな顔をするとせっかくの美人が台無しだぞ」

郭雷の大きな手が彩蓮の肩を摑む。力が入り、身動きできなくなった。小真がそれを止めようとして、肘《ひじ》で顔面を打たれる。

「悪く思うなよ」

剣の刃がキラリと光る。彩蓮は目を瞑《つぶ》った。もうだめだ。

ところが「えい！」と掛け声をかけて皇甫哲が飛び込んできた。彼の渾身《こんしん》の一撃は、簡単にかわされただけでなく、逆に蹴《け》りを脛《すね》に受けて、身を崩したと同時に頭を殴られた。気の毒に少年は地べたに転ぶ。

「うおお」

そこに雄叫《おたけ》びと共に郭雷の剣が斜めに走る。彩蓮は眼を炯々《けいけい》と光らせ、少年の前に出て、刃をすんでのところで避けた。そして、郭雷が一旦《いったん》引いたのを機に体勢を立て直し、札を放って皇甫哲を助ける。彩蓮は、よろよろと立ち上がろうとする少年の腕を引っ張って立たせ、泣きそうな顔に微笑みかけた。

「大丈夫？」

「……あ、うん」

哲は、助けられたことを恥じるような顔をしてから、毅然《きぜん》と郭雷を睨《にら》む彩蓮に羨望《せんぼう》の視線を向ける。

「お前、すげぇな」

「すげぇ？　なにが？」

「かっこいいつーことだよ」

彩蓮は苦笑し、攻撃のために指を立てた。

しかし、札を投げる前に、郭雷が動いた。速い。こちらが、防御の姿勢を取る前に、彩蓮の手を蹴って札を捨てさせ、そのままの勢いで彩蓮を後ろから羽交い締めにする。

皇甫哲は為《な》す術《すべ》もなく立ち尽くし、脚をがくがくとさせていて役に立ちそうもない。

「邪魔するとこの女を殺すぞ！」

彩蓮はすぐに呪《じゅ》を唱えようとした。しかし頭を押さえつけられた上、言葉が発せられないように口の中に手巾を押し込まれてしまった。

「下がれ！」

彩蓮は、怒鳴る郭雷にあばら家の中へと引きずり込まれた。気が回る小真のことだから、助けを呼びに行ってくれるだろう。問題は、それまで持つかだ。彩蓮は時を稼ごうと暴れるも、埃《ほこり》だらけの家の土間に突き飛ばされて、剣を首筋に向けられる。

「言え、本当は誰に頼まれて、お前はこの事件を調べている?!」

口の中に手巾が詰められたままの彩蓮は答える術がなかった。

「まさか、それは王ではないだろうな」

刃がわずかに食い込み、血が滴った。

「王なのか！　答えよ！　王なのか！」

郭雷は我を失って怒鳴る。彩蓮が、しゃべることができないことすら忘れているようだった。

「彩蓮さま！」

その時だった。

戸が大きく開いて、光が差した。

逆光で姿は見えないが、彩蓮にはそれが誰であるか、すぐに分かった。

――皇甫珪！

頼もしい大きな体軀《たいく》。彼は彩蓮が倒れているのを見ると、猪のごとく直進し、そのまま郭雷に体当たりした。郭雷は剣を振り上げる間もなかったので、土間に尻《しり》から転び、頭を竈《へっつい》にぶつける。

「彩蓮さまになんたる無礼を！」

拳《こぶし》は容赦なく友人の顔面に何度も入る。

「皇甫珪、やめて」

手巾を口から出した彩蓮は皇甫珪の腕を摑《つか》んで止めた。

「なぜ、止めるのですか！　こいつが何をしようとしていたか！　俺は許せません！」

「違うの。郭雷は大事な証人よ。この男が、漁師が言っていた『首の後ろに痣のある男』なの。ほら、見て」

皇甫珪は、彩蓮が指差す首を見た。

「まさか。そんな、まさか……」

「わたしが犯人だと気づいたから、殺そうとしたの。誰が捜査を依頼したのか、しきりに気にしていたわ」

「そんなのは、ありえません。郭雷は、それは、いいヤツで――」

「いいヤツが、わたしを殺そうとする？　なぜあなたは殴っていたの？」

彩蓮は自分の首筋を見せた。皇甫珪はおろおろと手巾を出してそれを押さえてわずかに流れる血を止めた。

「都衛府に連絡しなきゃ」


後日。

郭雷は都衛府の過酷な拷問により、料理人、越正と、漁師、燕基の殺人を認め、師魚による騒動を起こしたことも自供したが、理由を都衛府内の私怨《しえん》だと言い張った。

「あんなヤツを友人だと思っていたことに腹が立ちます」

「一見、人の良さそうな男だったもの、騙《だま》されてもしょうがないわ」

皇甫珪は数年前からの友人の裏切りに憤り、そして傷心している様子で、その後も事件のことを気にしていた。

「背後に誰かいるのかもしれません」

都衛府でも、その点を更に追及したが、誰の名も出て来ることなく、郭雷は、同僚の楊映が自分の恋人を盗んだから事件を起こしたのだと主張した。

「その話、信じていいと思う？」

「信じられませんね。恋人とはとっくに仲が冷めていたんです。それも郭雷が、他の女に手を出したのが原因です」

友人である皇甫珪は、郭雷の供述を否定した。それは皆も知っていたことだった。

「その恋人って人に会うことはできるかしら？」

「住まいは知っています」

彩蓮は郭雷の恋人、紅佳《こうか》に会うことにした。

住まいは、都の外れにあり、小さく古いながら、手入れが行き届いた家だった。下級官吏の娘だという。こんな騒ぎに巻き込まれて、人が家の中を覗《のぞ》くので、門を固く閉ざしていた。

「どういったご用件でしょうか」

「郭雷について調べているの」

門を開けた紅佳は涙を拭《ふ》くのをやめて彩蓮を見た。

二人の男が争った女とは思えない、平凡なそばかす顔だった。彩蓮と同じぐらいの年頃か。性格は良いのだろう。こんな大変な時に押しかけたというのに、邸《やしき》の中に案内し、貴重な茶を出してもてなしてくれた。

「どうぞ」

「ありがとう」

「どのようなことをお知りになりたいのですか」

紅佳は彩蓮の向かいの席に座る。人の生き死にに関わる貞家の人ならばと、話してくれているのだ。彩蓮は言葉を選んで口にした。

「何か、最近、郭雷に変わったことがなかったか知りたいの。誰かが頻繁に家を訪ねて来ていたとか、何か文を貰《もら》っている様子があったとか。どこに行くかも告げずに出かけていたとか」

紅佳はそれに首を横に振る。

「わたしと郭雷さんは、もう半分別れていたようなものです。ここ一月は連絡すら取っていませんでした。ですから何も知りません。あの人はずっと前から隠し事が多くて口をきいてくれなくなっていたんです」

彩蓮はなお、食い下がる。

「ささいなことでもいいの。何か思い出すことはない？　郭雷が誰かにお金を借りていたとか」

紅佳は考え込んだ。

彩蓮はじっと待った。

「そう言えば——」

紅佳は彩蓮へ視線を上げる。

「だいぶ前のことです。まだ暑い時分でしたから、四ヶ月ほど前のことでしょうか。郭雷さんが、人と会っているのを一度見ました。何か深刻そうに、家の裏手で夜に話していたんです」

「それはどんな人？」

「女です。また浮気をしているのかと思って、私、女の後をつけたんです。そうしたら――」

紅佳は彩蓮に近づき、小声になった。

「女の向かった先は宮殿で、東門から入ったんです。門番も咎《とが》める様子はありませんでした」

「宮殿？」

「はい。女官だったのではと思いました」

彩蓮は大きな瞳《ひとみ》で彼女を見返した。

「後宮が関わっているようですね」

皇甫珪も声を潜める。彩蓮は紅佳の手を握った。

「ありがとう。話してくれて。でも、あなたに危険が及ぶといけないわ。誰にもこのことは言わない方がいい」

「承知しています。貞家の方だからお話ししたのです」

紅佳は信心深い人のようだった。

彩蓮たちは、紅佳に礼を言い、別れを告げる。門前には馬車が待っていて、馬の背を撫《な》でていた皇甫哲が、すばやく彩蓮のために踏み台を馬車の前に備え、馭者《ぎょしゃ》らしく手を差し出して乗るのを助けた。

「あの子、どうしちゃったの？」

不思議に思って皇甫珪に尋ねると、髭面《ひげづら》は歯を見せた。

「どうやら、彩蓮さまのことを認めたようです」

「認めるって？」

「命を助けてもらったと言っていました」

「大げさね」

彩蓮は、そう言いつつ、向こう見ずで、きかん坊の皇甫哲の成長が嬉《うれ》しかった。ちらりと少年を見れば、二人の会話が聞こえただろうに知らぬ顔をし、照れくさそうに鼻を指でこすっている。彩蓮は馭者台に飛び乗った皇甫哲に声をかける。

「田舎に帰らずに、貞家にいることにしたの？」

皇甫哲はこくりと頷《うなず》き、ちらりと兄の顔色を窺《うかが》ってから答えた。

「兄貴が、馭者だったら、貞冥さまに頼んでみてくれるって……」

「そう？　じゃ、よろしくね」

彩蓮は微笑み、手を差し伸べた。

少年はその手をじっと見つめてから、こわごわと重ねる。

「こっちこそ、よろしくな」

そこへ、皇甫珪の平手が少年の頭に飛んできた。

「どうぞよろしくお願いします、だろ」

「痛《いて》ぇよ。殴んなくてもいいじゃねぇか」

「ほら、言ってみろ。『こちらこそ、どうぞよろしくお願いします』だ」

二人は仲良く言い合っている。

こういう兄弟のやり取りはしばらく続きそうな予感がして、彩蓮はなんだかおかしくなった。そしてひさしぶりに腹の底から笑いが湧いて出てきた。師魚のこと、殺人事件のこと、そして殺されかけたことなど、綺麗《きれい》さっぱり忘れて、碧《あお》い空を高く望む。

「今日はいい日だわ」

柔らかな風が馬車を通り抜けて行った。

9

「うむ」

そう言って腕を組んだのは、景王、騎遼である。

彩蓮が報告に夜、宮殿を訪れると、彼は正寧殿《せいねいでん》の書斎に案内し、彩蓮の好きな棗《なつめ》の菓子を出してくれた。

「その郭雷という男だが――」

騎遼は、言いにくそうに口を開いた。

「司府に移す前に、何者かに毒殺された」

「殺されたですって？」

「ああ。昨夜の事だ。家族からという差し入れの中に毒が入っていたらしい」

「毒？　何者なの？」

「女としか分かっていない。捜させてはいるが、足どりはつかめていない。あと郭雷の首は市に晒すことが決まった」

郭雷が刑死なら、殺された妓女《ぎじょ》や民の家族や友人は納得しよう。だが、牢《ろう》内での不審死では、王の忠実なる都備府の武官が、民を殺して、王はそれを罰することもしなかったと、不満が溢《あふ》れることは容易に予想できた。首を市に晒すことで皆が納得するならいいが――。

「この事件の目的は、ひとえに俺への不信を募らせ、批判の声を強めさせるものだったに違いない。それに宮殿内の人間が関わっているとなれば、ややこしいことになる」

「どうやって調べたらいい？」

「ここから先は、俺が調べる。宮殿は俺の縄張りだ」

彩蓮は同意した。

「分かった。わたしはこの件から手を引くわ」

「そうしてくれ。郭雷に殺されそうになったと聞いた時は、心臓が止まるかと思った。君を失ってまで知りたい事実はない」

「皇甫珪が言ったのね。大げさよ」

「それならいいのだけどね」

騎遼は微笑むと、本棚から、竹簡の束を三つ持って来て、彩蓮の前に置いた。

「これは？」

「今回の礼だよ。君はこういうものを喜ぶと思って」

彩蓮はそっと竹簡を開いて見た。

「日星書《にっせいしょ》？」

それは日と星々について書かれた書物だ。景国では日月は天の使者で、星の運行は天の時を定めるものと信じられ、月が満ちれば万物が死、日が南に至れば万物が生じると言われている。つまり星々の瞬き方によって、国の吉凶を占うことができるのである。とはいえ、これは巫官《ふかん》ではなく、史官や星を記録し暦を作る暦官に属する書物で、彩蓮がたやすく手にできるものではない。騎遼が無理を言って写させたに違いなかった。

「巫覡《ふげき》は筮竹《ぜいちく》や亀甲《きっこう》を用いて占うというが、次にこの国の祭祀《さいし》の長になろうというのなら、君も日星術を学んでおいても悪くない」

「騎遼――」

彩蓮は竹簡をぎゅっと抱きしめた。

こんなに嬉しい贈り物は初めてだ。お金や装飾品を貰《もら》うことは、今までもあったけれど、それほど感動しなかった。でも、この本さえあれば、天空の知識が増え、天の運行の理《ことわり》を知ることができる。そして彩蓮の夢である神権の長への階段に一歩近づくのだ。

「ありがとう。すごく嬉しい」

「よかった」

騎遼は少し複雑そうな顔をした。

「なに？」

「いや……」

「言いなさいよ」

彼は苦笑する。

「彩蓮がそんなに喜んでくれるのは嬉しいが、后《きさき》になる気が全くないのが分かるから残念だなと思っただけだ」

彩蓮は曖昧《あいまい》に微笑んだ。なんと答えたらいいのか分からない。

「俺には君の夢を応援する以外に、この想いを封じ込める術《すべ》はないよ」

騎遼の求めに応じることは、彩蓮にはできない。

「王后となれば、わたしは違った人間になってしまうような気がするの。わたしでないわたしになって、夫を愛するのではなく、夫を王として敬うことしかできなくなる」

騎遼が茶器を置いた。

「それは確かに言えるな。王后となれば、王后として生きることが求められる。そして私情を持ってはならない。国の母として生きるんだ。君の伯母《おば》上のようにね」

「ええ。今になっては伯母の心が誰に向いていたかは分からない。でも、その生き様は立派であったと思う。誰にでもできることではなかったわ。まぁ、あなたが王位を諦《あきら》めてくれるなら話は別だけど」

「残念だが、俺は君のために王座を諦めることはできない。俺ができることといえば、君が好きな書物を贈ることぐらいさ」

　黄金の椅子を少し窮屈そうに、騎遼は身じろぎをした。まだ王座に就いて間もない。奸智《かんち》に長《た》けた重臣が、権力を握ろうと謀略をめぐらし、または縁戚《えんせき》関係を結ぼうと結託しているはずだ。騎遼は身を守りつつ、他国からも国を護《まも》り、民を統治していかねばならず、それは生半可なことではないだろう。

「貞家はあなたと国を守るわ。だから、いい王さまになって、騎遼」

「ああ、そうだな。努力しよう」

　彩蓮は月が天を廻《めぐ》る王宮を辞した。

第二章　殉葬の愚

1

皇甫珪が飲みに行ったきり、帰って来ない。

「同輩の送別会なので、遅くならないうちに、帰って来ます」

そう言って、昨夜、出かけて行ったというのに、既に日は中天にある。家の者が、やれ「皇甫珪は彩蓮さまが怖くて蒸発した」だの、やれ「他に女ができたに違いない」だのと無責任なことを言っては笑うから、彩蓮以上に心配になった小間使いの小《しょう》春《しゅん》が、ずっと裏門で髭面《ひげづら》の帰りを待っているし、気を利かせた兄の小真はあたりを探しに出かけた。

「どうせ、妓楼でしけこんでいるだけさ」

唯一、その弟の皇甫哲だけが大人びたことを言い、彩蓮の拳骨《げんこつ》を食らう。

「遅くなって、きっと友達の家にいるのよ」

彩蓮はそう言い返した。

なにしろ、景国の都では治安維持と民を妖《あや》かしから守るために、夜間は不要な外出を禁じている。門楼の鐘が鳴ると番陽の街から一斉に人影が消え、もし、その時刻を越えて、許可なく街をふらふら歩いているような不届きな者がいれば、尻《しり》を十回鞭《むち》で打つ刑が科される。下手をすると、官職も奪われる可能性もあるから、皆、無理して帰らず、友人の家に泊まったりするのは普通だった。

「他に女がいるのかも」

彩蓮は勉強のため持っていた竹簡の束で、馬鹿な皇甫哲の後頭部を叩《たた》いた。

「用がないなら、長椅子で寝てないで薪割《まきわ》りしなさいよ。蘭容に言われているんでしょ」

「ここの人間はみんな人使いが荒くて困る」

文句を言いながら、皇甫哲が重い腰を上げた時だった。

回廊から、靴の音が響いたかと思うと、小真が、断りも入れずに彩蓮の部屋の戸を開けて叫んだ。

「大変です！　彩蓮さま！」

汗をびっしょり掻《か》いて、一体、どこから走ってきたのか。彩蓮は目をパチクリさせる。

「どうかしたの？」

「皇甫珪さまが、大変なのです！」

　もしや、外出禁止時間に屋敷に無理に帰ろうとして、都衛府の武官に捕まったか。それなら袖《そで》の下を持って、引き取りに行かなければならない。彩蓮は巾着《きんちゃく》を探す。

「違うんです。もっと大変なんです！」

　しかし、小真は苦しそうに息をしながら、手のひらを大きく左右に振る。小春が、兄に水を持って行き、小真はそれを一気に飲んだ。

「どうしたの？　なにがそんなに、大変なの？」

「皇甫珪さまが攫《さら》われたのです！」

「あの、大男が？」

　彩蓮は信じられなかった。

　あんな大男をどうして攫うというのか。逆に反撃されかねないし、可愛くもない。売るとしても国境の城塁を築く苦役に使うぐらいにしか思いつかない。

　小真は、青い顔で言う。

「冥婚《めいこん》です！」

「冥婚！」

「司空《しくう》さまのお宅で若い娘が亡くなったそうで。その婿に選ばれたそうなんです。皇甫珪さまが引きずられて行くのを見た人がいたんです」

冥婚とは、死んだ人間のための婚礼のことである。

死後の世界でも、幸せなように、婚期が近い人が夭折《ようせつ》した時は、似た年頃の死者と娶《めあわ》せたり、生きている人間を夫に仕立てたりする。今回の場合、司空という要職にある人の家で不幸があり、皇甫珪は落ちていた亡くなった娘の形見の釵《かんざし》を拾ったため「運命の人」と決定され、複数人の男たちに捕まったらしい。

「暴れて、逃げればいいのに」

「高官の家と諍《いさか》いになれば、貞家に迷惑がかかると思ったからではありませんか」

小真の言葉は一理あった。

「ホント馬鹿ね。そんなの気にする必要ないのに。行きましょう。小真」

彩蓮は上着を羽織った。

「どこに行くんですか、彩蓮さま」

「その司空の家に行ってあのアホ面を返して貰《もら》うわ」

「もう昼です。儀式は終わって結婚しているかもしれません」

彩蓮は笑った。

「婚礼っていうものは、その家の祭祀《さいし》よ。貞家の婿を盗んだ婚礼を、取り仕切る巫覡《ふげき》がいると思う？」

「じゃ、まだ無事ということですか」

「殺されていなければね」

心配はそこだ。

迷信深い家では、攫った人間を殺してしまうことがある。そして一緒の棺《ひつぎ》に入れて、地中深く埋めてしまうのである。

「そんなぁ」

「行きましょう。この間にも、殺されるかも」

「は、はい」

小真は、大急ぎで馬車の用意に向かい、小春が外出用の靴を持ってきた。彩蓮の長椅子に座っている皇甫哲だけが、面倒くさそうな顔である。兄が心配なくせに、そんな素振りを見せたくないようだ。天の邪鬼にもほどがある。

「哲も一緒に行く？」

「オレが、行かなきゃ、誰が、馬車を御すって言うんだ」

小真がいるというのに、全く。

高明は、婚礼の場に幽霊が行くのはどうかと遠慮したので、少年二人と彩蓮は、皇甫珪の救出に向かうこととなる。馬車は皇甫哲によって、信じられないほど乱暴に走り、名家の馬車だけに許されている馬鈴が、ガランガランと騒がしく鳴った。道を行く人々は、そのけたたましい音に道の左右に逃げていく。

「もっとゆっくり行けよ！」

小真が同い年の皇甫哲に馬車の中から怒鳴ったが、速度は遅くなるどころか、もっと速くなった。

「僕が御すべきでした」

小真は、ため息を吐く。

「まあ、思っているより早くは着きそうね……」

彩蓮は揺れる馬車に気持ち悪くなって、口元を手巾で押さえる。小真がそれを見て、風を入れるために窓を開けた。青い空と絹雲が見え、少し気持ちがほっとする。風は冷たくとも、陽は柔らかく、冬を一瞬でも忘れることができた。

「あれがその屋敷です」

小真が指さした先に赤い花で飾られた豪邸が目に入って来た。「喜」という文字が門の両側に華々しく輝く。本当の婚礼のように人を呼んで宴《うたげ》を開くつもりのようだ。

彩蓮は背筋を正した。皇甫珪を助けなければならない。

――待っていて、皇甫珪。

司空は土木を司《つかさど》る高官で、景国では明河の治水工事が主な担当業務である。今は朱《しゅ》班《はん》という人が役についているが、高齢なので花嫁は、恐らく、その孫のはずだ。

彩蓮は、馬車を皇甫哲に任せ、小真のみを伴って「朱府」と書かれた門の前に立つ。

なかなか迷信深いようで、玄関に婚礼の祝いの赤い飾りとともに、死んだカラスを左右に三羽ずつ、逆さ吊《づ》りにしている。呪《まじな》いだろうか、黄色い紙に異国の字で何かが書いてあるものを、屋根から吊るしている。高明を連れてこなくてよかった。きっと呪いに負けて消滅してしまったことだろう。

「奇妙な家ですね……」

貞家も奇妙だが、普通の士大夫《きぞく》の家の門で、ここまで趣味の悪いのも珍しい。彩蓮は、豚の血が撒《ま》かれた入り口で客を迎えている若者に微笑んだ。

「こんにちは」

向こうは当然、彩蓮のことを知らない。拱手《きょうしゅ》したが、当惑して、思い出そうとする。

「妹のお友達でしょうか」

その割に、着ているものは、巫覡の白い衣である。婚礼の客にはふさわしくない。

「皇甫珪を返してもらいに来たの。あれは一応、貞家の婿だから」

若者は怪訝《けげん》な顔をしたが、すぐに「貞家の婿」という言葉に真っ青になった。

これは大事であるのを瞬時に悟ったのだ。青年は、「少々お待ちを」と言うと、客でごった返す、前庭へと走って行った。そして一人の中年男性の肩を叩くと、強引に連れて来る。連れてこられた四十ぐらいの人は、白衣の彩蓮を見て眉《まゆ》を寄せた。

「貞家の方というのは、あなたですか」

「ええ。太祝の貞冥の娘の彩蓮です。わたしの婚約者がこちらに連れ去られたと聞いて迎えに来たんです」

男は朱専《しゅせん》という司空の息子で、花嫁の父。大きな声でこんな話をされたくないのか、彩蓮を門の隅に誘《いざな》った。

「あの方は皇甫珪さまと言うのですか」

朱専は小声になった。

「名前も知らずに連れてきたのですか」

「え、ええ……。未《いま》だに気を失っているので、お名前を聞くこともできず……」

どうやら年老いた司空、朱班が、勝手にこの結婚を推し進めているようで、それもこれも、ありがたい方士《ほうし》のお告げなのだという。彩蓮は呆《あき》れた。方士といえば、仙人やら仙界やらを信じ、人も修行すれば、仙人になれるなどと謳《うた》って人を集めている怪しげな異国の思想家たちである。そんな者の言葉を信じて、こんな馬鹿げたことを起こすとは、司空という地位にある人にしてはいささか軽率である。

「早く皇甫珪を返してください。大事になるわ。まだお父さまは気づいていないから、その前に」

「さあ、こちらへ……」

朱専は彩蓮を屋敷の奥へと案内した。

老いた司空はどうやら、病で寝ているらしい。彩蓮は咳《せ》き込む声のする陰気臭い部屋の中に入った。中は香が充満し、部屋の隅の暗がりに、膝《ひざ》を抱えた少女がしくしくと泣いている。よく見れば、そろった前髪が可愛い少女の霊である。

「どうしたの？」

彩蓮は老人より先に少女に声をかけた。彼女は驚いたように彩蓮を見ると、立ち上がり、走り寄ってきた。

「私が見えるんですか」

「ええ」

「どうして？」

「これでも巫《かんなぎ》なの」

少女はそれで初めて彩蓮の服装に気づいたらしく、涙を腕で拭《ぬぐ》って、彩蓮の両腕を摑《つか》んだ。

「お願い。お祖父《じい》さまにあんな髭面《ひげづら》の男と結婚なんてしたくないって言って。それだったら黄泉《こうせん》でも一人でいいわ」

「………」

彩蓮はなんと返事していいか分からず黙ったが、後ろにいた小真がぷっと吹いた。

彩蓮がぎろりと睨《にら》むと、すぐに笑った顔を引っ込めて、口をつぐむ。でも仕方ない、花嫁の赤い衣を着ている人は、小真と同じぐらい。つまり、十三、四だ。大人は禁軍の武官の皇甫珪が頼もしく見え、良かれと思って選んだのだろうが、夫が三十路《みそじ》の皇甫珪では、やはり可哀相だった。

「この婚礼は成立しないわ」

彩蓮は臥《ふ》せっている老人を見た。

「お孫さんは、この婚礼が嫌と言っています」

視力が弱っているのか、老人は白く濁った瞳《ひとみ》で彩蓮を映した。

「貞彩蓮です。あなたが捕えた禁軍武官の婚約者です」

老人は少し驚いたように首を上げたが、すぐに枕に頭を落とし言う。

「この結婚は天が決めたものだ。貞家だか何だか知らんが、帰ってくれ」

「冥婚《めいこん》のために人を攫《さら》うのは、拐《かどわ》かしの罪です。都衛府に訴えてもいいんですよ」

「そんな脅しには乗らん。朱家は都衛府など怖くはない。わしのすることに口出しなど、王とてできぬわ」

老人は野良犬を払うように、手を振った。

「あなたのお孫さんのことも考えてあげてください。たとえ冥婚だって、意に染まない三十路の髭面と結婚させられるなど、可哀相ではないですか」

「だが、方士さまが、運命だと……」

少し弱気になったのか、老人はもごもごと言い、寝台の隅に座る孫娘の方を見た。

「見えるんですか」

「死期が近いのじゃろう。声は聞こえないが、見えないことはない」

「なら、余計にこの子の言いたいことは分かるでしょう。お願いです。この婚礼を取りやめてください」

少女の霊がこくこくと頷《うなず》き、老人は天井を見上げた。

死が近づくと、人は天が怖くなる。そして迷信深くなる。異国の方士の言うことを聞いて、生きた人間を花婿にしようなど、あってはならないことだ。

「貞家とことを構える気ですか」

老人は口をつぐむ。

「貞家に仇《あだ》なして、あなたの孫娘さんは、誰が弔いをするのですか。あなたの埋葬は誰がするのですか」

彩蓮は強く言った。父、貞冥は私情によって動いたりはしない人だが、皇甫珪を助けるためなら仕方ない。老人は、またもごもごと口を動かす。

「お願いします。あなたに大切な人がいるように、わたしにも皇甫珪は大切なんです」

彩蓮は頭を下げた。誠意が伝わったのだろうか。瞑《つぶ》っていた目を老人は開き、彩蓮の方を向く。

「ならば、急ぐがいい。花婿を殺すように命じてある」

「え？」

血の気がさっと引いた。この老人は皇甫珪を殺して、孫娘と一緒に埋葬する気だったのだ。なんと恐ろしいことを堂々と計画していたのか。

「こっちよ」

彩蓮は敷居を飛び越えた。

2

「やめて！」

彩蓮は男たちが、縛られた皇甫珪を縊《くび》り殺そうとしているのを叫んで止めた。呪《じゅ》を唱え、縄を持っていた男の額に気合を入れて札を投げる。近距離だったせいか、その勢いで男は壁に吹っ飛び、床に叩《たた》きつけられた。皆が唖然《あぜん》と立ち尽くす。

「この冥婚は朱司空が取りやめることにしたわ」

朱家の家人たちは互いに顔を見合わせ、戸惑いを表した。

「皇甫珪は返して貰《もら》う」

縄をかけられ、猿轡《さるぐつわ》をされている皇甫珪に小真が走り寄った。彩蓮もまた彼の前に立つ。

「彩蓮さま」

「心配かけないでよ」

「申し訳ありません」

「馬鹿よ、馬鹿。申し訳ありませんじゃ、すまないわ」

彩蓮は彼の脛《すね》を蹴《け》った。本当はこれでは済まないぐらい心配したのに、髭面の大男は「申し訳ありません」を繰り返すばかりだ。

「帰るわよ」

彩蓮は鼻をツンとさせて踵《きびす》を返せば、大男は体をくの字に曲げると小さくなってついて来る。弁解も何もない。だから彩蓮の方が尋ねた。

「どうして釵《かんざし》なんかを拾ったのよ」

「高価そうだったので、届けてやりたいと思いまして」

「ほんとにお人好《ひとよ》しの馬鹿ね。高価なものを落とす人はいないわ」

「すみません」

「それで？」

「その後の記憶はありません。後ろから殴られて、さっき目が覚めました」

「頭は大丈夫なの？」

「痛みますが、大丈夫です、たぶん」

彩蓮は心配で、診てやりたかったが、まだ腹が立っていたので黙っていた。それなのに、当の本人はのんきだ。

「まさか、冥婚の花婿にされるとは思いませんでした。そんな風習はとっくに廃れたと思っていましたのに」

「都では聞かなくなったけど、田舎ではまだ行われているところがあると聞くわ。落ちているものを無闇に拾ってはならないというのは、景人なら誰もが知っていることよ。あなた以外はね」

馬車の前まで来ると、皇甫珪は足を止める。

「都衛府の友人が最近、都でも冥婚がよく密《ひそ》かに行われているらしいと言っていました」

「知っていて捕まったのなら、どうしようもない馬鹿としか言いようがないわ」

皇甫珪はさらに縮んで言った。

「人買いが、死体を盗んできたり、拐かした人間を殺して、死体を売ったりしているそうなのです」

「世も末ね」

「殉葬は、昔は当たり前にありました。高貴な人の墓には山のように奴隷を殉死させたものです。生前と同じ暮らしを黄泉でも過ごせるようにとの配慮だと聞いたことがあります」

彩蓮は頷く。

「でも、今はそんな時代ではないわ。人の命は重いのよ」

最近では、他国の影響もあって俑《よう》と呼ばれる陶器の人形を人の代わりに陵《みささぎ》に入れるようになった。それがまたなぜ、冥婚が流行《はや》りだしたのか。景の民は迷信深いので有名だが、時代は少しずつ変化していると思っていたというのに――。彩蓮は神仙家の方士のことが気になって、朱家で会って来るべきだったと後悔した。

「彩蓮」

屋敷に帰ると、立派な四頭立ての馬車が門の前に停められていた。私服の兵士たちが、屋敷の周りを囲っており、なにやら厳重な警備だ。

むろん、そんな客は一人しかいない。

この国の王。騎遼である。こんなところでふらふらしている人ではないから、彩蓮は中庭でその姿を見つけると、階段を一つ飛ばしで上った。

「どうしたの？」

「君の笑顔を見に来たんだ」

「そういう冗談はいいわ」

騎遼は、麻の衣を着て、公子の時のようににこりと笑う。銀髪が微風に揺れ眩《まぶ》しい。

「実は太祝にお願いがあって来たんだ」

「お父さまに？　呼び出せばいいのに」

「ちょっと困ったことになってね。少しいいかな？」

王が自ら助力を頼みに、臣下の邸《やしき》にまで来るとは、よほど重大なことなのだろう。

騎遼は我が家のように中庭を突っ切ると、彩蓮の部屋に入って席につく。そして座った瞬間、溜《た》めていた言葉を一気に吐き出すかのように言った。

「百官がこぞって、父王の陵に妃嬪《ひひん》を殉葬するように奏上しているんだ」

「殉葬ですって」

高貴な人が亡くなると、奴隷や妃嬪が殉死させられて、一緒に埋葬される――しかしそれは皇甫珪が言ったように過去の話で、先々王である武曜《ぶよう》王の墓は非常に質素だった。今さら、過去の風習に戻すのはどういうわけだろう。

「重臣はなんでそんなことを言い出したの？」

「父親に対する孝心を示すべきだと言うんだ。それが賢君の道への第一歩というのが、やつらの主張だ。何しろ父上は普通でない死に方をした。手厚く葬るべきだと主張している。それには異論がないが、ほら、なんと言うんだったか。ああ、『祭ること在《いま》すが如く』などと言って、殉葬こそが孝行を示す機会だと言い張るんだ」

「歪曲《わいきょく》よ。誰もそんなことを言っていないわ。全然違う、歪曲よ」

文官は事あるごとに、仁徳やら孝やらを論じたがる。都合のいい一文を持ってきてあたかも正論のように説いて、正義をもぎ取ろうとするのだ。

とはいえ、騎遼の父は秋に亡くなり、文恵王と贈諡《ぞうし》された。騎遼はというと、三年の喪を待たず、父の死後すぐに践祚《せんそ》したので、孝行の心がないと陰口を叩く人がいるのは彩蓮も知っている。しかも文恵王は、非業の死を遂げたのだから厚葬すべきというのは、誰もが思うことだった。

騎遼は少ない国の予算の内、多くを父親の陵の建築に費やしているし、誰よりも父の死を悲しんでいる。孝心は非常に厚い。彩蓮は騎遼に代わって腹を立てた。

「お父さまはなんて？」

「太祝は、文官たちとやり合いたくない様子だ。力は貸すと言ってくれたが、そもそも葬礼とは奴隷や妃嬪を黄泉の供に埋めるのが昔からのしきたりで正式な葬儀だ。略式で俑を使うのは、邪道であるという者も貞家にはいる。調整する必要があるのだろう」

「皆、人の命を軽くみている」

「彩蓮とは話が合う」

「前王さまの妃嬪を殺したりしたら、問題にならない？　あなたの父上の文恵王の后《きさき》といえば、異国の公主なんかも何人かいるんでしょうし」

「それが問題なのだ。他国では殉死はもう廃れている。そんなことをすれば、戦になりかねない。それが分からないはずはないのに、なぜ、こんなことを奏上するのか」

彩蓮は小春が茶器を運んできたので、騎遼の碗《わん》に茶を注いだ。

「誰か裏にいるんじゃない？」

騎遼は、茶をすすり、少し考えてから答えた。

「従弟《いとこ》の零炎《れいえん》が先導していると思われる」

「それが分かっていて、何を躊躇《ちゅうちょ》しているの？　従弟と話してみれば？」

騎遼は皮肉に口の端を上げる。

「君は忘れているようだけど、俺は二人の兄を押しのけて王位についた。従弟と良好な関係を築いていると思うか」

「それはそうかもしれないけど」

「俺がどんなに追い詰めようと、優しく尋ねようと、零炎は事実を認めないだろう。臣下を扇動するのも、結託するのも、謀反だからだ」

「理由はなに？　そんなことをして、どんな利があるの？」

「俺を困らせたいんだ。そしてあわよくば王位が欲しい。そんなところだろう」

「ふうん」

「謀士の方士がいるらしいから、気をつけなければならない」

彩蓮は自分の茶を飲んだ。

3

「手伝ってはくれないか」

騎遼はちらりと彩蓮を見た。

「手伝う？　何を？　あなたに関わるとろくなことはないわ。師魚を探った時だって、殺されかけたんだから」

「そう言うなよ、彩蓮」

「それに巫官《ふかん》試験がもうすぐなの。勉強しなくちゃならないから、お断り」

「君は太祝となり、国を守る高官になりたいと思っているのに、国のことより、自分の出世の方が大切なのか」

彩蓮は口を尖《とが》らせた。

「そういうつもりではないけど……」

「なら、手伝ってくれてもいいだろう？　殉葬は祭祀《さいし》の一部だ。貞家の領域だよ。君の出番じゃないか」

「お父さまが断ったのに、わたしが勝手なことをしたら――」

「断ってはいないさ。『力を貸す』と確かに言った。なら、彩蓮を借りてもいいはずだ」

「うまいこと言うのね」

片目を瞑《つぶ》って見せる王、騎遼。自分の魅力を最大限に利用できる方法を知っているから手に負えない。彩蓮はそんな騎遼を無視して、顎《あご》に手を当て考え出した。

――借りもないから、断ってもいい話なんだけど……。

断れないのは、彩蓮の性格だった。騎遼が言うように、国の巫覡《ふげき》になろうとしている自分が、王命を受けないのは不忠である。騎遼が命じず、頼んでくれているのは、友人としての礼を示してくれているからで、本当なら勅書に璽を押して、宦官《かんがん》に持って来させればいい話なのだ。

「彩蓮は俺の友だ。無理には頼めない。ただ、今の俺は微妙な立場で、信用ができる者が少ないんだ」

情で訴える作戦なのは分かっている。

彩蓮はため息を吐きながら言った。

「分かったわ。やる。ただし、わたしのことを便利屋だと思わないでちょうだい」

騎遼は笑った。

「君のことを便利屋などと思ったことは一度たりともないよ。その美しさに心を奪われてしまったことはあっても」

「よく言うわ」

騎遼が懐から何かを取り出した。

木でできた、手のひらより少し小さい円いもので、紐《ひも》がついている。

「これは？」

「宮殿に自由に出入りできる通行証だ。これを見せれば、朝議中だろうが、寝ていようが、君は俺と会える。持っていてくれ。必要な時があるかもしれない」

「別にいらないわよ」

彩蓮はそう言って押し戻そうとしたけれど、騎遼は、それを彩蓮の手のひらの中に入れてそっと包んだ。

「何か言いたいことがあったら、君は誰の仲介もなしに俺に会える。互いに何か問題があった時は、直接言い合うようにしよう」

彩蓮は手のひらの中を見た。

黒漆で、ピカピカのそれには、「拝謁可」と金で書かれている。騎遼は誰かによって、彩蓮と諍《いさか》いになることを恐れているように見えた。

「一応、貰《もら》っておくわ」

「そうしてくれ」

彼は菓子に手もつけずに立ち上がる。

「そろそろ帰る。黙って出てきたから、肝を冷やしているやつらが大勢いる」

「王さまなのだから、自覚して」

「王であるから、俺は今日、ここに来た」

「分かってる」

「じゃあな、彩蓮」

「気をつけて」

騎遼は袖《そで》をなびかせて階段を下り、慣れたように門の方へと消えて行く。戸の前に立っていた皇甫珪は片腕のみで拱手の形を作り、それを見送っていたが、姿が見えなくなると彩蓮に駆け寄った。

「何を頼まれたのですか」

単に茶を飲みにきたとは思わない皇甫珪に彩蓮は肩をすくめて見せた。

「零炎という人の身辺と、殉葬の奏上の件を探るように言われたの」

「殉葬の件……」

心当たりがあるのだろうか、皇甫珪は暗い顔をし、眉《まゆ》を寄せる。彩蓮はそれに気づかぬふりをして、明るい顔を作った。

「遅くなったけど、昼を食べたら、出かけましょう」

「はい」

皇甫珪がなかなか帰って来なかったので、朝食すら食べていない。彩蓮は、急にお腹が空《す》いたのを感じると、神を祭る廟《びょう》へと走って行く。まだ、羊肉を焼いたお供えものが、祭壇に残っているはずだ。こっそりそれを下げて、胃袋に入れてしまおう。

「良いのですか」

皇甫珪は罰当たりな行いに苦い顔だ。

「お父さまは、今日はお葬式があるからこれから出かけるし、お祖父《じい》さまはお年だから部屋から出ないわ。誰も告げ口をしないから大丈夫——哲さえ、口を閉じていればの話だけど」

祭肉《ひもろぎ》を盗むのを手伝った哲は鼻を鳴らして、不快を示す。

「俺だって肉が食えるんなら、黙っているさ」

皇甫珪が懐から匕首《ひしゅ》を取り出し、卓の上に置かれた肉を切り分けた。小真が嬉《うれ》しそうに皿を持ってくると、彩蓮がそれに載せてやる。小春がにこにこすれば、正月が来たような賑《にぎ》わいを見せた。そして、全員が席についたのを見ると、彩蓮は箸《はし》を掲げて言った。

「さあ、どんどん食べて。これから働いてもらうんだから」

「え？」

全員の箸が止まる。

「どういうことでしょうか、彩蓮さま」

「王の従弟《いとこ》の零炎という人について調べるように王から頼まれたの。だから、皆で協力して情報を集めるのよ」

「そんなこったろうと思ったよ」

皇甫哲が文句をぶつくさ言いながら、骨付き肉に齧《かじ》り付く。塩だけで焼いてあるので、臭みは強いが、普通だったら正月にも食べられるか分からないご馳走《ちそう》だ。みんな、よく分からない仕事を押し付けられたにもかかわらず、誘惑には勝てずに皿に手を伸ばして、肉に食らいつく。

特に育ち盛りの小真と皇甫哲の勢いは凄《すさ》まじく、残った羊の後ろ脚の肉を巡って引っ張り合いとなった。肉が柔らかいので、小真の皿の上につるんとむけて、皇甫哲は、骨に残った肉を恨めしそうにしゃぶって勝敗はついた。

「小春は食べている？」

「はい、彩蓮さま」

くりくりとした瞳《ひとみ》が可愛い少女は、遠慮深く、小さな肉の端切れを頬張っていた。

彩蓮は自分の皿から肉を分けてやり微笑むと、嬉しそうに皿を眺めていた。

「それで？　零炎って誰だ？」

しゃぶるところがなくなった肉の骨をなお、手放さずにいる皇甫哲が意外にも肝心なことを一番に尋ねた。

「わたしもよく知らないけど、今の王さまの従弟で、結構評判はいいよね？　皇甫珪？」

皇甫珪が肉を飲み込むと答える。

「ええ。はっきり言えば、王より、よっぽど評判はいいです。品行方正で、文官に人気のある博識高い十七歳です。父上は文恵王さまの異母兄にあたり、太王太后さまの実子です。夭折《ようせつ》されたので、文恵王さまが、その息子である零炎さまに公子の称号を与えられました」

残念なことに、公子零炎の母も、既に鬼籍に入っている。後ろ盾がない公子は王位争いからは当初より距離があった。最近まで、都を離れ、封地にいたため、忘れ去られた存在だったらしい。

「それがどうして急に、注目を集めるようなことを始めたのかしら」

「文官の後押しのせいです。新王は武官と巫官《ふかん》たちに近く、文官はそれを面白く思っていません。公子を推戴《すいたい》して、新たな王を誕生させようとしているのです。文官が、殉葬を奏上したのは、恐らく、王と貞家に揺さぶりをかけるのが目的でしょう。貞家は祭祀《さいし》の簡略化にはそもそも賛成していませんから、内部で意見が割れる可能性があります。それを見込んでのことでしょう」

確かにその通りかもしれない。騎遼の王座はまだ盤石ではない。今なら、騎遼に対抗することも可能だと思う人がいてもおかしくなかった。

「みんなに探って欲しいのは、その公子零炎の身辺よ。最近の様子を調べてくれる？方士が仕えているらしいから、その人についてもお願い」

幽霊の高明もいつのまにか、部屋にいて、公子の屋敷のまわりの地縛霊に話を聞いてみると同意してくれた。彩蓮も茶を飲み干し、立ち上がる。

「じゃ、夕飯にまた集合よ」

「はい」

公子の自邸まではそう遠くない。

歩いてでも行ける距離だ。

彩蓮は皇甫珪のみを伴って裏門を出た。

4

「子どもたちにも手伝わせて危険ではありませんか」

門を出て大通りに行くと、皇甫珪が尋ねた。当然の心配だ。

「小春と小真は賢いわ。皇甫哲が何か失敗をしなければ、問題ないと思うけど？」

「それが心配なのです」

「心配性ね」

彩蓮は、寒さに上着の襟を寄せ手をこすり合わせ、身震いをする。

「申し訳ありませんでした」

「なによ、また」

「冥婚《めいこん》で捕まってしまったことです」

「わたしじゃなくて、後でお父さまに謝った方がいいわ。司空と不仲になってはお父さまの立場がなくなるかもしれない」

「はい……」

彩蓮は大男の曲がった背中を叩《たた》いた。

「元気を出しなさいよ」

「はい」

皇甫珪の元気な返事の声が響くと、その向こうに人の群れが見えた。なにやら、掲示板に張り出されているらしい。

「何かしら」

好奇心は人一倍の彩蓮は人をかき分けて、先頭へと向かった。まわりの人は文字が読めないらしく、「誰か読める奴はいないのか」と声を上げる。こういう掲示板に張られるものは、大抵、法が変わったとか、誰それを処分するとか、徴兵を行うとか生活に密接なものなので、民も気になるのだ。

「どれどれ？」

彩蓮が目を上げれば、掲示板に血で文字が書かれた帛《きぬ》が張られていた。

「景王は孝心なく、先王の名徳を荒廃せしむ。天命なく王座を簒奪《さんだつ》する者は暴君なり。暴君をもって景の滅びること、これ天の定めなり」

「呪詛《じゅそ》だわ」

彩蓮はその言葉に驚いた。

王を批判し呪う文章である。景は非常に信仰深く、天地を祀《まつ》る。景の民は言葉には霊力が宿り、文字には呪が込められていると信じている。このような掲示をすれば、人々はそれを純真に信じ、王が退くことを望んでしまうだろう。民を惑わす偽りは、語ることも文字にすることも、国法で禁じられた行いだ。彩蓮はその帛を板から強引に剝《は》がした。

「どうしたのですか」

書かれた文言を見なかった皇甫珪は、公文書を踏む彩蓮に駆け寄ると、驚いた様子で尋ねた。

「お願い。都衞府の役人を呼んで来て」

「どうしてですか」

「これは王を批判する文章よ。何者かが王を批判し、呪いを込めた文字を堂々と張り出しているの。大罪だわ」

皇甫珪は真っ青になった。

呪詛はこの国ではもっとも重い罪だ。

王を批判するということはすなわち、呪詛と同じで謀反なのである。たまたまここに彩蓮と皇甫珪よりほかに文字が読める人がいなかったからよかったものの、もし呪詛を知れば、口伝《くちづ》てに国中に広まり、呪の力があるなしにかかわらず、悪い病に冒されたように、国が蝕《むしば》まれていく。

「どけどけ！」

　都衛府の武官が、連絡する前に、兵士たちを連れて来た。そしてすぐに彩蓮を見つける。

「貞家の――」

　郭雷の件で、すっかり顔なじみになってしまったようだ。武官が拱手《きょうしゅ》したので、彩蓮は握りしめていた帛を男に押し付けた。

「これを片付けて、焼いてください。誰にも見られないように」

「はい」

　武官が少し顔を上げ、返事をしたが、詳細を尋ねなかった。

「まさか、他にもあるのではないでしょうね？」

「それが、まさかなのです」

　街のあちこちに張り出されているという。

　狙いは新王。国を混乱させ、王の権威を失墜させる目的なのは明らかだ。

「呪いがついたものです。貞家に届けるように言われているので、そうしています」

「それがいいわ……」

　武官たちは、手早くそれを黄色の札のついた木箱に入れ、馬車に積んだ。彩蓮は見送りながら、ひそひそと人々が話すのを聞くと不安になる。誰かの謀略であるのに、民は動揺して王を非難している。彼が兄を追い落として太子の座を摑《つか》んだのは、いつの間にか広まっているのも、作為があると思う。

「いかが致しますか」

「予定どおり、公子零炎の屋敷に行くわ」

「門を叩くのですか。どういう理由で？」

「庭を見せてくださいと言うの。だめ？」

「だめ、ではないですが……なんというか、色恋の誘いのようです」

「別にそう思われてもいいわ」

彩蓮は大きな門の前に立った。大男が二人、厳しい顔で門を守っている。彩蓮はそれでも意に介さず、正面から当たろうとした。

「あれは――」

ところが、その時、門扉が開き、公子零炎と思《おぼ》しき、背の高い目鼻立ちの整った若い男が出てきた。銀髪ではないが、騎遼の従弟《いとこ》であるのは間違いない。目元がよく似ている。後から出て来たのは白い深衣を着た方士と思しき男だ。二人は深く拝手し合う。

「それではこれにて、失礼いたします」

「またどうぞお寄りください」

方士は醜悪な顔をしていた。

歯並びが悪く、目玉が飛び出て、あばた顔。年を取っているように見えるが、歩き方が俊敏なので、案外二十代ぐらいなのかもしれなかった。わざと腰を曲げて歩いているようにも見える。

「ついて行きましょう」

「公子はどうするのです？」

「公子は逃げないわ。でもあの方士は次にいつ見つけることができるか分からない」

彩蓮は男を追った。司空の家に出入りしていたという方士と同じ人物の可能性もある。どこがねぐらであるのか、突き止めなければならなかった。

「何者でしょうか」

「さあ。着ているものからして、神仙家ね」

彩蓮は皇甫珪に囁《ささや》く。

「逃げられないようにね」

「分かっています」

方士は、慣れた足取りで、道を曲がる。先をゆく皇甫珪も用心深く、一旦《いったん》角で様子を窺《うかが》ってから曲がった。

神仙家の広める神仙術は、不老不死などを謳《うた》い、景国の土着の信仰とはまた別のものである。最近、瞬く間に各国に広まって、貞家は以前から危惧《きぐ》していた。

「この先を行くと――」

皇甫珪が言いかけた時、鐘楼が、夕刻を告げる鐘の音を鳴らし始めた。見上げる先にあるのは――。

「宮殿だわ……」

高い塀は、何者もの侵入を寄せ付けまいとしているというのに、門兵は、なんの躊《ちゅう》躇《ちょ》もなく、方士の通行許可証を見ると、中に通してしまう。彩蓮は駆け出し、自分の持つ通行証を門兵に差し出す。

「これは！　おい、誰か、上官に連絡しろ！」

王にいつでも会えるという謁見許可証だ。大騒ぎになりかけたのを、彩蓮は止め、とにかく、密《ひそ》かにここを通すように頼んだ。

「では、どうぞ」

「ありがとう」

皇甫珪も後に続く。

時は夕時で、小真たちと屋敷で会う約束の時刻だ。心配だが、仕方ない。彩蓮は長く伸びる自分の影に不安になりながら、両端を高い壁に挟まれた通路を急ぐ。そのずっと前を行くのは方士だ。彼はこちらに気づく様子もなく、闇の一部のように暗い壁の影を選びながら歩いていた。

「どこに行くんでしょうか」

皇甫珪はもう方士がどこに行くのか分かっているというのに、怯《おび》えたように言う。

「この先にあるのは一つしかないわ」

それは、後宮。

しかし、男が立ち入ることができる場所ではない。一体、どうするつもりなのだろうか。彩蓮が注意深く男を追うも、途中で見失う。

「どこに行ったの」

道は一本道で、左右は壁に囲まれている。

どこにも行きようがないのに、男の影は煙のように消えた。

「後宮に消えたとしか考えられないわ」

彩蓮の吐いた息が白く濁った。

5

「騎遼！」

彩蓮が正寧殿の王の私室の戸を開けた時、彼は湯浴《ゆあ》みの直後だったようで、髪を女官に拭《ふ》かせていた。

「まさかこんなに早くに夜這《よば》いに来てくれるとは、嬉《うれ》しいよ、彩蓮」

風呂上《ふろあ》がりの新王は、不要なまでに色気がある。手を振って、女官たちを下がらせると、上座からゆっくりと下りてきて、彩蓮に手を差し伸べる。

「寝台はあちらだ。君の気が変わる前に行こう」

彩蓮はぱちんと王の手のひらを叩《たた》いた。

「冗談を言っている場合じゃないわ。さっき公子零炎の屋敷を見張っていたら、方士が出てきたの。それがどこに向かったと思う？」

「さあ」

彼は椅子に座ると、酒を杯に注ぐ。

「後宮よ。後宮のあたりでわたし、見失ったの」

騎遼は、目を少しだけ上げた。

「見失うとは彩蓮にしてはお粗末だな」

「仕方ないでしょう。こつ然と消えたんだから」

「仙人は空を飛ぶという。方士もそうなのだろうか」

「あんな醜悪な人相の人が空を飛べるとはとても思えないわね」

騎遼は卓を指先でコツコツと叩いた。

「後宮に潜伏しているのは間違いないな。しかし、誰が匿っているのか——」

「男を後宮に匿うのよ。ただ事ではないわ」

騎遼は彩蓮にも酒を勧めたが、彩蓮は断った。

酒など飲んでいる場合ではない。

騎遼は眉間《みけん》に指を当てて考え出したが、彩蓮にはそれさえも、もどかしかった。

「ねえ、騎遼ってば、黙ってないでなんか言いなさいよ」

「少し、考えさせてくれ」

「考えるって何を」

「明日の朝議で、再び父上の妃《ひ》嬪《ひん》の進退が論議される」

「つまり、殉葬されるか、されないかを話し合うってこと？」

「そうだ」

「王命でバシッとだめだって言えないの？」

「それだけの発言力をまだ俺は持っていない。貞家とはやっと関係を修復したばかりだから、文官たちは俺を甘く見ている」

彩蓮は騎遼とともに、肘《ひじ》をついて重い頭を抱えた。

「つまり、文官を動かしているのが公子零炎だけでなく、後宮にもいるってことだから、ことは一大事だってことね」

「後宮がことの根源だということは俺も分かっている。彩蓮、少し歩かないか」

「湯上がりでしょう？」

騎遼は微笑み、立ち上がった。

「皇甫珪も一緒に来るといい」

部屋の隅で柱の一部となって立っていた皇甫珪に騎遼が声をかけた。「はい」とだけ答え、彩蓮たちの後ろで距離を置いた大男は、禁軍武官の顔になる。それは、思ったよりもかっこよく、彩蓮はちらりと見たその姿に安心した。しかし、騎遼はまだ思考の中にいた。

「日星書は読んだか」

彩蓮は貰《もら》った本のことを思い出した。

「まだ、少しだけ」

「なんだ。読んでいないのか？」

「誰のせいよ。巫官《ふかん》試験の勉強もしないで、あなたの問題に付き合っているのに、本を片手に夜空を見上げている暇はないわ」

騎遼は首をすくめる。

「俺は時々読んでいる」

「本当？」

騎遼が天を仰ぐと一点を指さした。

「あれが辰星《しんせい》だ」

彩蓮はまだ読み始めたばかりで、それがどの星であるのか分からなかった。ただ辰星が、五つの惑星、歳星《木星》・熒惑《火星》・鎮星《土星》・太白《金星》・辰星《水星》の一つであることは知っていた。

「辰星の色が青く円い時は、憂患があるという。今がまさしくそうだ」

彩蓮は満天の星の中で青い星を探したが、やはり見つけることができなかった。星を観ることは簡単なことではない。その中でも辰星は特に難しいと言われ、暦官も苦労すると聞く。彩蓮は自分の素質のなさにがっくりするが、占星術は努力が実る学問だ。あきらめずに、騎遼が指差す先に青く光る星を探して、眩《まぶ》しい月を仰いだ。

「彩蓮。俺は民が安穏と暮らせる国を作りたい」

「騎遼」

「そのためなら俺は何だってする。兄弟を踏み台にするし、君をも利用する。ただ、腹を空《す》かせた民がいなくなることだけが俺の願いだ。そのためには戦は回避しなければならない。妃嬪の殉葬は、他国では受け入れられない風習だから、異国から嫁した公主たちを殺せば問題になる。戦になっても不思議ではないことを、伝統という理由だけで行うことはできない」

彩蓮は冬の晩の寒さも忘れて、騎遼を見た。

「あなたはいい王さまだわ」

「我が国は、文官、武官、巫官が実権を握ろうとしのぎを削っている。君の祖父は、俺の後見人である太傅《せんせい》でもあるし、殉葬問題は巫覡《ふげき》の問題だ。貞家がもっと積極的になってくれないのは残念だ」

「葬儀が簡略化すれば、貞家の勢力も衰えると思っている人がいるんでしょう」

騎遼は頷《うなず》く。

「貞家とて時代は止められない。葬儀の簡略化は仕方ない。戦が多い世で、国は陵《みささぎ》に莫大《ばくだい》な金を投じることはできないんだ。どれだけ俺が父上を懐《おも》っていようが、不孝だといわれようが、生きている民を犠牲にはできない」

騎遼が俯《うつむ》いた。そして石畳をゆっくりと歩く。

「国の大事は民だよ、彩蓮」

「その通りだわ。それなのに、この国の現状は、権力者は人間を殉葬し、民は家族を埋葬する費用すらなく、道端に親の死体を捨てるしかない」

「力を貸してくれないか」

「何をすればいいの？」

「貞白を説得して欲しい」

貞白は彩蓮の祖父で、貞家の家長である。

役職の太祝は、息子の貞冥に譲ったが、貞白の発言は今も神託と同じ。貞白の支持さえ受けられれば、文官の奏上を覆すことが騎遼はできると見込んでいる。

「分かった。なんとか頼んでみる」

「すまないが、頼む。他に手立てがないんだ」

「あなたには他に頼みになる人はいないの？」

「祖母の太王太后が、親身になってくれている。後宮の重鎮でもあるから、後宮での出来事の調査を依頼している」

「太王太后さまは、公子零炎の縁者ではないの？」

「太王太后は、公平な人だ。俺に対しても幼い頃から良くしてくれた。力になってくれるだろう」

彩蓮は騎遼に頼れる人がいることにほっとした。いつも彼は孤高だけれど、一人ぐらい身内に気の許せる人がいることはいいことだ。祖母ならば、孫を可愛がってくれるだろう。

「じゃ」

「またな」

彩蓮は正寧殿を辞した。

祖父が寝入るのは早い。日の出と共に起き、日の入りと共に寝るから、今はもう眠っているに違いなかった。彩蓮は清《さや》かな月影を浴びながら、足早になった。月はどんどん、東から西へと移動して行き、山の端に傾こうとしていた。

しかし、宮門近くの、細い通路の側で、彩蓮は足を止めた。何かがおかしい。

——夜って言っても人が少なすぎるわ。どうして……。

見張りの兵士すら姿がない。高い塀に囲まれた通路で、ずっと先まで人がいないのだ。篝火《かがりび》はいつも焚《た》かれているのに、今日はどれも火が落ちている。不自然すぎる。

彩蓮は、皇甫珪を振り返って見た。彼も険しい顔をして、いつでも抜けるように柄《つか》に手をかけている。

「お気をつけください、彩蓮さま」

皇甫珪が、彩蓮を背に隠すが、夜の王宮の塀の上から殺気を感じることほど、恐ろしいものはなかった。影は前方から現れただけでなく、後方からも数人飛び出して来、塀の上にも伏兵がいる。

「何人？」

皇甫珪が左右を見回した。

「四人……いえ、五人です」

黒ずくめの男たちが、一斉に向かって来た。

彩蓮は懐から札を取ると、その額めがけて投げる。一瞬、力を封じ込まれた男たちは、皇甫珪の見事な回し蹴《げ》りで、首をへし折られた。しかし、そのうちの一人、小柄な人物は猿のように軽やかだった。

「気をつけて！」

ぎりぎりのところで、切っ先を避《よ》ける皇甫珪に彩蓮は叫ぶ。彼は形勢が不利と判断したのか、相手を足蹴りして距離を取ると、彩蓮の腕を摑《つか》んだ。

「彩蓮さま！　逃げましょう！」

逃げるが勝ちだ。

正面から戦って勝てるかどうかは分からない。皇甫珪は彩蓮をそのまま背負い、走り出す。性格的なものか、髭面《ひげづら》の逃げ足はかなり速い。

「自分で走れるわよ」

「こっちの方が速いので」

皇甫珪は、松明《たいまつ》のある門のところまで一気に走り抜けた。が、それを追うように青い火の玉を刺客は放った。光が回転しながら近づくと、皇甫珪は彩蓮を胸に抱きしめたまま、地に転がってそれを避ける。間一髪、光の玉は塀にぶつかり破壊し、火の粉を飛ばして消えた。黒衣の刺客はそれを見届けると、それ以上追っては来なかった。

彩蓮はほっと息を吐く。なんとかまくことができたようだ。

「女だったわね」

彩蓮が言うと、皇甫珪が首を傾げる。

「何がですか？」

「一人、小さい人がいたでしょう？　あれは女だったんじゃない？」

　皇甫珪が笑った。

「あれは男です。小柄ですが、動きが男でした。男と女ではいくら鍛えても肉のつき方が違います。自然、動きにも違いが出ます」

「でも香の匂いが薄《う》っすらしたわ。花のような匂いよ」

「では花のような匂いが好きな男でしょう」

「絶対、女だってば」

　皇甫珪の言いように腹を立て、彩蓮はその脚を蹴った。避けられるだろうにわざとぶつかって「痛い、痛い」という皇甫珪。無事で良かったと思ったのは、彼の笑顔を見てからだった。

「彩蓮さま、あれを」

　しかし笑ってばかりはいられない。

急に真面目な顔に皇甫珪が戻ったかと思うと、門の方を指さした。数人の兵士が倒れている。

「大丈夫ですか！」

門兵が気を失って倒れていたのだ。彩蓮が揺すっても目覚めることはないが、外傷はないように見える。

「当て身を食らったようです」

皇甫珪が後ろから抱えて起こすと、苦しそうに兵士が目を開けた。

「気づいたか？」

「ああ」

「誰にやられた？」

「あ？　ああ……分からない。急に後ろから来て――女だったような――」

兵士は苦しそうに悶《もだ》えた。どこかに怪我をしている様子だった。

「宮殿内に根深い悪の巣があるようね」

彩蓮は、刺客が消えた闇を見やった。

6

「お祖父《じい》さま」

家に帰ると、祖父の部屋の明かりはすでに消えていた。

彩蓮はそれでも寝ている祖父の部屋に乗り込んだ。家族とはいえ、約束もなく祖父の部屋を訪れるのは彩蓮くらい。しかも真夜中。祖父を世話する巫《かんなぎ》の侍女がすっ飛んできたが、祖父はここに彩蓮が来ることを知っていたかのように半身を起こしていた。

「来たか、彩蓮」

月光を頼りに目の悪い祖父は、彩蓮の影を探し、手招きをする。

「ここです、お祖父さま」

「どうしたのじゃ」

回りくどいのは好きでない。彩蓮は居住まいを正すと単刀直入に言った。

「騎遼を助けて欲しいのです」

「王のなにを助けたいのか」

「殉葬の件です。妃嬪《ひひん》を陵《みささぎ》に殉葬すれば、必ず他国と戦争になります。それをやめさせたいのです」

祖父は、侍女に明かりを持って来るように命じると、彩蓮の手を握りながら重い口を開く。

「彩蓮。王とはな、王座に初めて就くと、誰しも、困難に突き当たるものじゃよ。それを解決できるのは己自身のみで、周囲ではない。これは新王が自ら越えなければならぬ試練の一つじゃ。わしの力をいつまでも借りていては、王は独り立ちして親政を行えまい」

「命がかかっていることなのです」

「祭祀《さいし》が軽んぜられることはあってはならないのは、貞家の娘として分かっているだろう？　亡き王のお側に侍《はべ》るのを嫌がる妃嬪などおるまい？」

「表向きは嫌など言えません。武曜王の陵は簡素で、誰の殉葬も行われませんでした。前例を踏襲するならば、妃嬪の殉葬は中止すべきです。そうではありませんか」

明かりが家人によってもたらされると、昼間見ても陰気な部屋がいっそう、気味悪く見えた。魔除《まよ》けの虎の骨に、祭祀で使う銅器、祖父が未来を見るのだという銅鏡。それに祖父の皺《しわ》だらけの手が加われば、年月というものに彩蓮は畏敬《いけい》の念を抱く。

「彩蓮は、貞家の行く末と、国の行く末のどちらが大事なのだ」

「それは――」

「祭祀を軽んじれば、国が乱れる。家を軽んずれば、血が絶たれる。わしは新王に肩入れして、祭祀を簡略化はしない」

彩蓮は、父の貞冥も祖父の説得に失敗していることに気がついた。彩蓮は古臭い伝統に縛られて大事なことを見失っている祖父に腹を立てた。

「お祖父さまは間違っています」

「なんじゃと？」

「死んだ人のために生きた人を殺すのは正しいことではありません。王家が未《いま》だにそのようなことをしているから、民も人を攫《さら》ってまでして殉葬しようとするのです」

「うむむ」

「人を軽んじれば、いったいどうなるのですか。これは後宮が関係する謀《はかりごと》なのです。だから、止めなくてはならないのです、お祖父さま」

祖父だって、文官たちがこぞって巫覡《ふげき》の領域である祭祀を盛大に行おうなどと言い出したのは、何か裏があるぐらい、その霊力で視なくてもお見通しのはずだ。なのに、なぜ助けてくれないのか——。

「お祖父さま」

「下がれ、彩蓮。この件に関わるべからず」

「それが神託なのですか」

「そうじゃ」

「それでは騎遼はどうなるのですか」

「我らは誰が王であれ、王に仕えるのみ。貞家が王を選ぶのではなく、天が王を選ぶのじゃ」

「そんな……」

彩蓮はもっと説得しようとした。しかし、それ以上の問答を貞白は許さなかった。手を振ると、人を呼んで彩蓮を下がらせる。祖父とはそういう人だ。頑固で取っ付きにくく、景の影の君主として長く君臨している。

「失礼しました」

しょぼくれた彩蓮はそのまま部屋を出て、心配げに外で待っていた皇甫珪に首を横に振って見せた。

「朝議は明日の朝です。いかがいたしますか、父上にお会いになりますか」

父の貞冥は宮殿に詰めているだろう。会うとすれば、宮殿に戻らなければならない。先に会ってからこちらに来るべきだった。

でも考えてみれば、父でさえ、祖父の考えを変えることができないのなら、彩蓮にはどだい無理な話だった。

「どうしたらいいのかしら」

彩蓮は中庭の中央で空を仰いだ。

「夕食を召し上がっては？」

そんな気分ではとてもなかったが、そうする他ない。こんな時でも腹が空《す》く自分が恨めしい。彩蓮は自室へ足を向けた。侍女が用意してくれている食事を食べないのは悪いと思ったからだった。

案の定、心配性の小春が待っていた。

「寒かったでしょう、彩蓮さま」

寝る時間はとっくに過ぎているというのに、甲斐甲斐《かいがい》しく、大人を真似て彩蓮を火鉢の側に座らせた。小真がひざ掛けを持ってきてくれた。

「昼に帰ってくるって話じゃなかったのかよ」

一人不機嫌なのは、皇甫哲で、兄に平手を頭の後ろに食らっている。

「彩蓮さまは大変だったのだ」

小真と小春は、そんな皇甫兄弟など目もくれずに、彩蓮の前に立った。

「ご報告します」

忘れていたが、彩蓮はみんなに公子零炎を探るように頼んでいたのだった。

「分かったことはあった？」

「方士の名を『虚伊《きょい》』さまというらしいのです」

「よく調べたわね！」

「小春です。小春が調べたのです。仲良くなった公子の屋敷の家人の子と遊ぶうちにそれとなく尋ねたのです」

彩蓮は小春の頭を撫《な》でて、自分の髪に飾っていた釵《かんざし》を一本抜くと、小春の頭に差してやった。

「ごほうび」

「ありがとうございます、彩蓮さま！」

小春は大急ぎで、鏡を覗《のぞ》きに行った。面白くないのは、皇甫哲だ。

「オレらは一日中、こき使われて何もないのかよ」

「馬鹿を言え。居候の分際で。肉を食ったろう」

皇甫珪が弟を叱るも、どこ吹く風だ。

「あなたは何か、調べたの？」

「別に」

「別に何も調べなかったの？」

「大したことじゃない。以前は病弱だった公子さまが、最近その方士に会うようになって、急に元気になったって話だ。どうやら、いい薬を処方するらしいぞ」

「へぇ」

「本人じゃねぇみたいだって話だ」

「誰から聞いたの？」

彩蓮は立ち上がった。

「金」

「は？」

「聞き出すのに、金を使った。その分くれ」

彩蓮は巾着《きんちゃく》を開けて、差し出してくる手のひらに金を載せる。

「誰から聞いたの？」

「出入りの野菜売りさ。長く商売していて内情に詳しいんだ。そいつによると最近の公子さまの様子は前の温和な人とは全然違って、刺々《とげとげ》しいらしい」

「ふうん」

彩蓮は少し考え込んだ。

「何か気にかかることでも？」

「方士は人間かしら？」

「と、おっしゃると？」

「刺客が攻撃に使ったあの青い火の玉の術。人間があんなことができるなんて信じられない」

「修行するとできるのではありませんか。神仙術とはそういうものだと聞いていますが？」

確かに、神仙家は修行すれば人間でも術などを使うことができると言っている。異国の術であるので、彩蓮には未知の部分が多く、青い炎を使う輩《やから》をどう判断していいのか分からなかった。

「彩蓮さま、それより、明日の朝議です。貞白さまを説得できなければ、若い新王は文官たちの主張を撥《は》ね付けることはできないでしょう」

「それについても考えているわ」

父の貞冥は王と貞白、文官の間で身動きが取れなくなっている。解決できるのは祖父、貞白一人であるのは明らかだ。しかし、貞白とて、騎遼が正しいのは分かっているはず。祭祀《さいし》を疎《おろそ》かにすれば、貞家の勢力が弱まるというのは、もっともだけれど、国がそれで危機に陥ったら無意味だ。なにしろ、王家あっての貞家であるのだから。

「どうして、ああもお祖父《じい》さまは、頑《かたく》ななのかしら」

「年寄りはみな、頑固なのです」

皇甫珪は運ばれてきた、彩蓮の夕食を卓に並べると、自分も席につく。

「さあ、お食べください。食べなければ、何も考えつきませんよ」

皇甫珪が山盛りに飯をよそった。

7

彩蓮には何もいい案が浮かばなかった。

貞白は、頑固で、一度こうと決めたら覆さない。そもそも祖父はそれほど、騎遼に期待していないように見える。彼が兄たちを嵌《は》めて王位を手に入れたことを知っているからだろう。協力的でないのも、その人間性をまだ信じきれていないからだ。

「どうやって説得したらいいのかしら」

「説得なんかする必要あんのか？　かっさらって無理やり王宮に連れていけばいい」

　そんなことを言うのは、もちろん皇甫哲しかいない。

　案の定、皇甫珪が後頭部を平手で叩《たた》いている。

「そんなわけにはいかないだろう。どれだけ立派な方か、分かっているのか。それに、無理に連れて行ったとしても味方してくれるとは限らない」

　それはそうだ。

　でも――。

　彩蓮は、考えた。

　それしか方法がないのではないか。説得は、道々するしかない。

「それで行きましょう」

「さ、彩蓮さま！」

　皇甫珪が慌てた。前太祝、貞白といえば、巫覡《ふげき》の長で、景国の祭祀を司《つかさど》る長の立場に五十年いた人だ。天と同一だと信じている者さえいて、貞白の乗る輿《こし》を見ると、年寄りは跪《ひざまず》いて手を合わせるものだ。

「お祖父さまを拉致《らち》するしかないわ」

「いけません。そんなことをしたら、父上になんと言われるか」

「お父さまだって、騎遼を助けたいという思いと、貞家の立場に板挟みになっている。

たとえお叱りにあったとしても、体面的なものに過ぎないと思うわ」

　皇甫珪は絶対にだめだと彩蓮を諫《いさ》めた。実行犯にされるのは自分だと分かっているからだ。しかし、彩蓮には他に方法がないし、これは務めなのだと思った。騎遼の父、文恵王は、彩蓮を庇《かば》って、兄の武曜王の手のものに討たれ死んだ。だから、その妃嬪《ひひん》を守るべきは彩蓮しかいないのである。それが彩蓮の罪滅ぼしなのだから。

「彩蓮さま」

「やるしかないわ」

「どうやって」

「裏に馬車を用意して。お祖父さまは毎朝、井戸の水で体を清めるわ。寒い日でもそう。そこを狙って、あなたが担いで馬車まで運ぶの」

「かなり雑な計画ですね」

　皇甫珪は呆《あき》れた。

「雑だけど、他に方法がある？　ぶつくさ言ってないで、手伝って」

「俺が住むところがなくなるかもしれないのですよ。婿の話もなくなるかも」

　彩蓮は皇甫珪を見た。しかたない。皇甫珪が手伝わないのなら、街のごろつきを雇うほかない。

「じゃ、あなたの手は借りないわ」

「俺がいなくとも、あくまでやるというのですね」

「お祖父さまの官服を洗濯場から探して来る。馬車の用意も自分でする」

「彩蓮さま」

「あなたは安全なところで見物しているといいわ」

そう言われると、皇甫珪には彩蓮を手伝う他に選択肢はない。

彼は彩蓮を放っておけないし、男気に反する。彩蓮は彼のそういうところが好きだった。すべてを捨ててでも、彩蓮の味方になってくれる。騎遼には決してできないことで、それが愛と友情との違いになった。

「じゃ、日が昇り次第、決行よ」

「御意」

彩蓮はいったん、寝台に伏した。しかし、心臓の音が大きすぎて眠ることができない。方士の正体も、後宮の誰が手を貸しているのかも分かっていない。公子零炎が、騎遼の執政を喜ばしく思っていない真相も不明だ。騎遼は人を信じないから、話したとしても表面的な会話しかしない。従弟《いとこ》と誤解が生まれているのではないだろうか。

「彩蓮さま。貞白さまが起きられました」

夜の闇がわずかに和らいだ頃、皇甫珪が呼びに来た。

彩蓮は起き上がり、部屋をそっと出る。祖父の官服は既に馬車の中で、皇甫哲が手綱を握っている。

「行くわよ！」

「はい」

彩蓮は足音を忍ばせて、部屋を出た。まだ使用人も起きてない。暗闇にわずかに星が傾いているだけで、朝の匂いもしなかった。祖父を拉致するなど、不孝の極みと言っていい。でもそうしなければ、きっと国は戦になってしまう。重臣は、戦になれば打って出るだけだと思っているかもしれないが、国が安定していなければ、異国に勝てるはずはなかった。

「お祖父さま」

彩蓮は井戸の横で顔を洗う祖父に声をかけた。

「申し訳ありません」

「何を詫《わ》びる必要があるのだ」

彩蓮はそれで悟った。

国の未来すら占える巫覡である祖父が、小娘の姑息《こそく》な計画を知らないはずがなかった。

「朝議に一緒に来てください」

「官を退いた身だ。あえて行けば、和を乱す」

「殉葬が間違っていると言えるのは、お祖父さましかいないのです。巫覡である前に人として、今や廃れた風習を再び復活させるのは、正しくないということはご存知のはずです。そしてそれが一部の人たちの陰謀であることも」

「そなたは真っ直ぐだ。羨《うらや》ましいほど真っ直ぐだ」

それは褒めているのか、危惧《きぐ》しているのか。

「若き王は老臣たちによって潰《つぶ》されるだろう。理想が高く、そのためなら手段を選ばぬ非道な王は、他人と和するということを知らぬ。貞家のことも利用するだけしたいと思い、我らの都合などどうでもいいのじゃ」

「お祖父さま……しかし、騎遼は民のため――」

「なぜそんなに新王を助けたい。好いているのなら、王后になればよい」

「わたしは騎遼が王に相応《ふさわ》しいと思っています。確かに足りないところもあると思います。でも、根本たる民を思いやる気持ちは真実で、忠恕《ちゅうじょ》の念のある人だと思っています。戦をしてどうするのですか。大義や矜持《きょうじ》のために民を殺すのですか。それこそ、大いなる殉死です。貞家を含めた景の重臣たちの勢力争いの殉死です」

祖父は「うむ」と唸《うな》った。

「わたしは騎遼をよき友と思っています。そして巫官となったら、騎遼のよき臣となりたいのです」

彩蓮はずっと秘めていた思いを告げる。

「王后になりたいと思ったことは一度もありません。わたしは貞家の人間として、この国を王とともに作っていきたいのです」

「彩蓮……」

「お祖父《じい》さまのようになりたいのです」

「それは多くのものを失う人生であるのは分かっているのか」

彩蓮は顔を上げた。

「はい」

「皇甫珪のこともいつまでも引き止めてはおけないだろう」

「…………」

「女の身で巫覡は簡単には務まらん」

彩蓮は拳《こぶし》を握った。すべてを得たかった。貞家の長たる地位も、友情も、皇甫珪も。それをまっすぐな気持ちのまま貫いてはいけないのか。それは青臭いと論じてしまえばそれで終わりだ。祖父が年とともに失ってしまった何かを、彩蓮は持っている自負があった。そして失うものがあることも知っていた。でも今考える必要があるのだろうか。前だけを見て進んではいけないのだろうか。

「では、行こうかのぉ」

「行ってくださるのですか？」

「行かないと言っても連れて行く気だろう。ならば、己の足で歩いて行く方がいい」

彩蓮は足のおぼつかない祖父に手を貸した。裏門まで案内すると「遅せぇぞ」と皇甫哲が馬車の上から言った。

「お気をつけて」

皇甫珪が踏み台を置き、貞白が馬車に乗るのを手助けする。

彩蓮は東の空を見た。

いつの間にか、日が空に昇っている。

鶏の鳴き声が近隣からし、通りには、朝食を売る屋台が開店の準備をしている。喬陽は静寂の夜から目覚め、紅塵《こうじん》舞い散る繁華な街に様変わりしようとしていた。

8

宮殿は広い。

身分の低い官吏は宮門から徒歩で入らなければならないが、騎遼から特別な通行証を貰《もら》った彩蓮は、馬車で途中まで入ることを許されていた。とはいえ、馬車置き場からは歩いて行かなければならない。

高齢で高位の祖父は、宮殿内を輿《こし》で移動する勅許《ちょっきょ》を得ていた。しかし、今日は突然なので用意がなかった。仕方なく足の悪い祖父を皇甫珪が担いで走ることになった。景国の朝議は、朝早くから行われ、終わるのも早い。急がなければならない。

「行きましょう」

「はい」

彩蓮は、白い息を切らして長い通路を抜け、門を勢いよく潜る。そこは宮殿の広い前庭だった。立ち込めた霧が朝日によってすうっと消えてゆけば、石畳に禁軍の兵士たちが並び厳重に警備されているのが見えた。

「正政殿です」

皇甫珪が言った。

政治を王と臣下が行うのが、この正政殿である。台《うてな》の上に建ち、高い階段が眼前にそびえる。

彩蓮たちは、居並ぶ武官たちが訝《いぶか》しげに見るのも構わずに、階段を一気に駆け上った。

止める宦官《かんがん》を押しのけ、宮殿の鳳凰《ほうおう》が彫られた大きな戸を開けて中に入ると、そこには父の貞冥を含めた百官が勢揃いし、その上段の玉座に騎遼が冕冠《べんかん》を被《かぶ》って座っているのが見えた。

「大王は、ご自分の父上がどのように亡くなったか、お忘れか。祭祀《さいし》を怠るは不孝であり、義に反する。文恵王さまの無念をせめて、手厚い祭祀で弔うべきではありませんか」

声高に進言するのは、若い公子零炎。下段の真ん中で張りのある声で言う。

「それで戦になってもいいというのか」

対する騎遼は、表情を変えずに低い声で言った。

「戦にならぬよう、異国出身ではない妃嬪《ひひん》のみを殉葬すればよろしいのではありませんか」

「武曜王の時代から、人を殉死させていない。前例に習うべきだ」

騎遼に味方する人は誰もいなかった。それが騎遼の孤独だった。誰も信じず、兄を踏み台に得た王位の代償がこれだ。

むろん、白衣姿の貞冥の姿はあったが、様子見といった風で、折衷策の「異国出身でない妃嬪のみ」というのは、父が、文官と交渉して出した案だろう。戦を回避しつつ、殉葬は継続する。少し狡猾《こうかつ》なやり方で、根本的な問題はなにも解決していない。

「武曜王は罪人です。薄葬はそのためです」

「いや、武曜王は……」

「どうか文恵王さまを手厚く葬ってあげてください。亡き前王を慕う甥《おい》としてのお願いです」

涙さえ浮かべ、床に頭をつけて平伏する公子零炎。

それはどこか芝居じみていて、政治という舞台の名役者の一人のように見えた。彩蓮は一歩踏み出て敷居を跨《また》ごうとした。が、祖父の強い腕の制止によって止められた。どうやら、王がどう応対するのか、祖父は見たいと思っている様子だった。

「なぜ、わしが、前王を支えたか分かるか？」

騎遼の父、文恵王は、自分の兄の命を奪って王位についた。それなのに、貞家は文恵王を支えた。それは確かに謎だった。文恵王は意図しなかったとはいえ、貞白の娘、麗蓮《れいれん》を殺している。

「分かりません、お祖父さま」

「それが天命であったからだ。天が認めたものが、この国の王となる。これは絶対の理《ことわり》で覆ることはない」

彩蓮は騎遼を見た。

果たして彼には天命があるのだろうか。

銀髪の若き君主は、八方を塞《ふさ》がれて、難しい顔で玉座の肘掛《ひじか》けを握っていた。皆、彼をあざけり、軽んじているように見えた。騎遼がしようとしているのは、ただただ、家族である妃嬪の命を助け、犠牲を少なくすることだけなのに——。

「新王に天命があると思うか」

彩蓮はそう尋ねた皺《しわ》だらけの人をまっすぐに見た。

「正しいことをする人に天が命を授けないはずはありません」

「そうじゃな……」

「徳の高い人とは思いません。でも、力を貸してください、お祖父さま。もし、妃嬪の殉死が決まれば、民の中でも人を拐《かどわ》かしても殉葬させようとする人がたくさん出ます。それに王としての騎遼の無力さを周知してしまうこととなります。そうなれば親政が難しくなるのではありませんか」

老人はそれに何も答えなかった。

ただ一人杖《つえ》をついて、敷居をまたぐ。

左右に分かれて並んでいた百官は、突然の貞白の登場に驚き、囁《ささや》きあったが、王はこの国で最も高位の臣下に慌てて階段を下りてきた。

「誰か、椅子を」

長時間立っているのが大変な貞白のために、すぐに椅子が用意された。王自ら、貞白の腕を取って歩くのを支えて、椅子に座らせると、ちらりと彩蓮を見る。

――大丈夫。

彩蓮は頷《うなず》いて見せた。

「なぜ、職を退いた貞白殿が、ここにお見えになったのですか」

文官の誰かが嫌味っぽく言った。

「葬礼は巫覡《ふげき》の仕事。太祝の座は退いたとはいえ、わしは今も王の太傅《たいふ》で、ここに来る資格はある」

祖父は文官たちをひと睨《にら》みする。

「本来なら、若く未熟な新王をお支えすべきところ、なぜ皆をして困らせているのじゃ。亡き王は、このお方に国の未来を託されて亡くなったのを多くの人が見た。それをなぜ無にするのじゃ」

公子零炎が、拱手《きょうしゅ》して頭《こうべ》を垂れる。

「皆はただ、亡き王を手厚く葬りたいだけなのです」

「葬儀も立派に行ったし、陵《みささぎ》も建築中じゃ。前王がさして気にかけていなかった女人を供に葬る必要はあるまい」

公子零炎が、にやりと笑った。まるでその言葉を待っていたかのように。

「亡き文恵王は、貞家の令嬢をお望みだったという話ではございませんか。その者を墓に入れた方がいいのではありませんか」

貞白が公子を睨んだ。

「黙るとよろしい、公子よ。わしは殉葬には反対だ。時代は逆行できぬ。祭祀の簡略化を容認してでも、守らなければならないのは、盤石な国家であり、政じゃ。そうであろう。妃嬪を殉じて葬れば、幼い王弟たちは母を失う。そんなことはあってはならない」

彩蓮は祖父の強い言葉に、それ以上を言えなくなった重臣たちを見た。苦虫を噛《か》み潰《つぶ》したような顔をしている者もいれば、今まで公子零炎を推していたことなどなかったかのように俯《うつむ》いている者もいる。

「大王。我が進言をお聞き入れください。不要な殉葬は国を衰えさせるだけです」

「貞太傅。高齢で足も悪いのに、よく来てくれた。寡人《おれ》は太傅の進言に従いたいと思う。皆はどうであろうか」

騎遼は自分に味方してくれた貞白の手を握ってあたりを見回した。異を唱える者は誰一人いなかった。

「大王よ、賢君とおなりください」

貞白は椅子から下り、床に跪《ひざまず》くと、頭《こうべ》を垂れた。その深い礼に、触発された重臣たちも、それに倣って低頭する。

「よかった――」

なんとか殉葬を食い止めることができたのだ。彩蓮は胸を撫《な》で下ろし、皇甫珪と微笑し合ったが、その後ろで、憮然《ぶぜん》と公子零炎が袖《そで》を叩《たた》くようにして踵《きびす》を返すのを見ると眉《まゆ》を寄せた。

「礼を言う、彩蓮」

散会後、騎遼は冕冠《べんかん》を脱ぎ、正寧殿の私室に招くと、ほっとした顔を見せた。

「どうなることかと思った」

「お祖父《じい》さまに来てもらえてよかった。でも、またこんなことになったら、どうしたらいい？」

騎遼は顔を暗くした。

彼とて分かっている。今回は貞白が味方してことなきを得たが、歩くこともままならない老人にいつまでも頼ってはいられないことは——。

「早く立派な王になって」

彩蓮は女官が運んできた玉碗《ぎょくわん》の茶を飲むと、出された山査《さんざ》子《し》にも手をつけずに、ちらりと騎遼を見た。言いづらいことも言うのが友達だ。相手が王であるからといって遠慮すべきではない。彩蓮は、危惧《きぐ》していることがもう一つあった。それを言わねば、今日は帰ることはできない。思い切って口を開く。

「お祖父さまはあなたが信じられる人がいないことを危惧していたわ。信用できる臣下がいないことは、あなたの弱点よ」

「君のことは信じているよ、彩蓮」

片目を瞑《つぶ》って見せた騎遼に彩蓮は腹を立てた。

「茶化さないで。名君は、優秀な人材を得るのに熱心で、暗君は自分の権勢を広げるのに熱心だと言うわ。諫言《かんげん》みたいで悪いけど、民心を得て、人材を集めないと足を掬《すく》われるわよ」

騎遼が真面目な顔に戻る。

「君はいい友であり、師だ。確かに言う通りだよ……俺に味方する者は少ない」

騎遼は、佩《お》びていた剣を宦官《かんがん》に渡し、礼服だけの姿になると、深く吐息したが、すぐにいつもの意味ありげな瞳《ひとみ》を向ける。

「彩蓮の忠言に従い信頼する臣下を探そう」

「それがいいわ」

「でもまずは、今、信用できる人間を採用していくことだ」

彩蓮が首を傾げると、騎遼が皇甫珪を手で招いた。

「今すぐとはいかないが、皇甫珪に禁軍校尉の位を授けよう」

「え？」

彩蓮は身を乗り出した。景国の軍編成によると、校尉は、大将軍、将軍、副将軍の下であるが、大出世というのは間違いない。皇甫珪が望んでいる将軍の地位も夢ではない。

「本当なの？」

「嘘ではない。身近な人間が護衛をしてこそ、安心して眠れる。皇甫珪は純朴で私欲がない。国のために尽くしてくれることに疑いがない。ただし、軍内の複雑な人間関係は、貞家のそれより更に難しい。なんとか俺の息のかかった人間を入れていかなければならないね」

騎遼には騎遼なりの苦悩があるのだ。

新しく王位についたものは誰しもうける洗礼かもしれないが、親政を阻もうとする人間とどう戦うかは、その人の器による。

「方士と後宮の謎の人物についても不明ね。何か調べてくれた？」

「間諜《かんちょう》が、零炎の屋敷で殺された。なかなか手ごわい」

彩蓮は立ち上がった。長居は無用だ。

「彩蓮。ありがとう。助かった」

「礼には及ばないわ」

彩蓮は正寧殿を辞し、宮殿の外へと出た。

空は青く澄み切っていた。冬とは思えない暖かさで、一つ浮雲がのんびりと通り過ぎてゆく。しかし、階段を下り、下から宮殿を見上げると、建物の影が長く前庭に伸びていて、なぜか不安にかられた。彩蓮は甍《いらか》の向こうに見える白い太陽になにかを感じた。

「なんだろう」

巫女《みこ》としての予感なのだろうか。でもそれがなんであるのか、まだ見習いの彩蓮には摑《つか》みきれない未来だった。

巫官試験一次の当日──。

朝早く彩蓮は、試験に必要な荷物を皇甫珪に背負わせると、元気に門を出た。

「じゃ、行ってきます」

「がんばってください」

皇甫珪、小真、小春、高明、皇甫哲、そして祖父の貞白である。父の貞冥は、彩蓮が政治に関わって危険な目に遭うのに反対だから、頑《かたく》なに部屋から出てこなかったが、祖父が足の悪いのを押して、見送りに来てくれたのが、彩蓮は嬉《うれ》しかった。

「気をつけての」

杖《つえ》をついた祖父が言った。

「どんな問題が出るんでしょうか」

「一次は素質を問う試験だから、巫覡に関することではないわ。一般的なことよ。予習は十分にした。だから大丈夫」

彩蓮は想定問題を幾つも解いてきた。全く素質のない人間をふるいにかけるための試験であるから、自信はあるが、気の緩みはいけない。正装のため被《かぶ》っていた冠《かん》の紐《ひも》を閉め直すと、皆に腰を折ってお辞儀をする。

「行ってきます」

皇甫珪だけが、ゴザ、褥《しとね》、硯《すずり》、筆、解答を書くための帛《きぬ》などを持ってついて来る。彼の足取りも軽いのは、彩蓮が夢の一歩に近づいているからだろう。人の成長を素直に喜ぶ男はいい。彼もまたすぐに将軍になることができるに違いない。

「ありがとう。また後でね」

「がんばってください」

彩蓮は会場の門前で皇甫珪と別れた。

周りを見れば、見たことのある貞家の巫覡《ふげき》やら、怪しげな身なりの市井の巫覡、異国から仕官のためにやって来たと思《おぼ》しき人。明らかに妖《あや》かしが化けている者。それぞれが、思い思いにゴザを広げて場所を取る。彩蓮も木の下を陣取ると、硯を取り出し、ゆっくりと墨を磨《す》り始めた。その静かな摩擦音の心地のいいこと。神経が集中し、研ぎ澄まされる。

「これから試験を始める。問題はただ一問。制限時間内に終わらせるように」

二人の官吏によって左右に広げられた巻物――それに書かれていたものは――

「新王、何ぞ足らざらんや」

一瞬、それだけの問いに辺りに動揺が走った。「王には何が足りないのか」答えようによっては不敬を問われる問題だ。

しかし彩蓮は、小さくほくそえんだ。

これは殉葬問題を手伝った騎遼からのお礼に違いない。

彩蓮はたっぷりと筆に墨を含ます。

そして大きな白い帛に彩蓮は筆を下ろした。下書きもしなかった。

「王、国に人材足らざるを知らず。まさに登用すべし」

ただそれだけ書くと立ち上がる。

他の受験生たちは、筆を下ろすのを躊躇《ちゅうちょ》していた。彩蓮はその間を縫って壇上に上がると、監督していた試験官の前に置く。早すぎる彩蓮の答案に試験管たちが目を見張ったが、それに彩蓮はニコリと応じて踵《きびす》を返す。

そして一人、朗らかな気持ちで両腕を伸ばし、大きく息を吸う。吹き上げるのは、春を感じる新しい風で、天高く駆け抜けていくそれを目で追えば、白い鳥が青い空を飛翔《ひしょう》した。

「さあって。帰ってまた勉強よ！」

元気な少女の声が景国の都に今日も響く。

第三章　王の花嫁

1

彩蓮は、羊の内臓の串《くし》肉を食べながら、街を歩いていた。

巫官試験の一次が終わって結果待ちなので、気分転換に小真と幽霊の高明を連れて街に繰り出すことにしたのだ。

「乾燥した棗《なつめ》を売っていますよ、彩蓮さま」

「え？　どこに？」

小真の言葉に、彩蓮はすぐに足を止めて、店先の麻袋に入った品物を確かめようと身を屈《かが》める。なかなかの上物で、香りがいい。最後の一袋だと聞いた彩蓮は巾着《きんちゃく》を袖《そで》から取り出そうとした——ところが——その棗を先に買おうとした少女がいた。

「これをください」

「え？　ちょっと」

喧嘩《けんか》っ早い彩蓮は文句を言おうとした。が、少女はそれに少し驚いた顔をしたかと思うと、一歩後ろに引いて彩蓮に先を譲った。順番を抜かしたことに気づかなかったようだ。

「ごめんなさい。どうぞ」

「あ、ありがとうございます」

少し背の高い女《ひと》だった。彩蓮と同じぐらいの年齢だろうか。なかなかの美人で、大人びた眼差《まなざ》しを持ち、卵形の輪郭が印象的だ。上流貴族の娘なのは間違いない。性格も良さそうで、おっとりとした感じも可愛らしく、彩蓮は好感を持った。

「どこのお嬢さんかしら。可愛い人ね」

「馬《ま》将軍のお嬢さんですよ。馬《ま》姜月《きょうげつ》さまとおっしゃいます」

彩蓮の独り言を聞いた店主が、常連なのだろう、少し誇らしげに言った。都の噂話に詳しい高明が背後からつけ加える。

「馬将軍は、辺境を守る猛将ですが、都を離れています。その家族なのでしょう」

「そうなの？　家長が留守では何かと不便でしょうね」

彩蓮は角を曲がって消えていく少女の背を見送りながら言う。

しかし、不思議に思うのは、大荷物を持って一人で歩いていることだ。おてんばの彩蓮ですら、出かける時は、皇甫珪や小真のような男を連れている。景の都、喬陽はさほど治安がいいとは言えないので、どこの家でも注意しているというのに、おかしなことだ。つい先ごろ、大男の皇甫珪も人攫《さら》いに遭って、冥婚《めいこん》の夫にされそうになったのは、記憶に新しい。

「綺麗《きれい》な子だったわ」

「そうですね」

小真は同意した。

「あの子、一人で大丈夫かしら」

心配になった彩蓮は、しばしその背を見守っていたが、ぼうっとしていたのがいけなかった。強引な物売りに手を摑まれた。

「お嬢さん。薬はどうだい。不老不死の仙薬だよ。今なら美人になれる薬もおまけする。どうだい？」

「くだらない」

不老不死などなれっこないのに、最近、怪しげな薬が流行している。寿命が延びると聞けば、せっせと飲む年寄りがいるし、美人になれると聞けば、妓楼《ぎろう》あたりで人気になって、市井の娘たちも求める。だから、こういう行商は都のあちこちで見かけるようになった。しかし、薬は安全上の理由で貞家の専売と決まっている。商人に彩蓮は言い返した。

「ちゃんと許可をとって薬を売っているのでしょうね」

「それは……」

「都衛府に突き出すわよ」

彩蓮は摑《つか》まれていた手を振りほどいた。

都衛府の武官、楊映と夏諸が皇甫珪を訪ねてきたのは、その翌日のことだった。

二人は、師魚の毒により民を斬り殺した犯人だったが、この事件は都衛府と王を貶《おとし》めようとした者の師魚を使った謀だったとして、彼らへの罰はむち打ち三十回に減刑された。

官位は降格されるも、都衛府で今も働くことを許されている。それを面白く思わない者が初めは多くいたが、王が、事件の詳細を包み隠さず公開し、真犯人を見つけたら百金を与えると触れを出したため、多額の褒賞目当てに、関係のない民までがこぞって捜査を始め、民が事件の詳しい事情を知ることとなった。おかげで、都衛府の武官たちは逆に利用されたと同情されたのである。

そんな武官の二人が揃って貞家に顔を出したのだ。彩蓮は何事だろうかと思って、部屋の中に招いた。

「気になることがあり、皇甫珪殿のお知恵を拝借したく参った次第です」

改まった二人に彩蓮は、皇甫珪はまだ宮殿から帰っていないことを告げた。校尉になることが内定して忙しくしているから、今晩も帰らない可能性が高かった。

「よかったら、わたしが話を聞くわ」

小真が火鉢を男たちの横に置き、小春が温かい濁り酒を杯に注いだ。酒好きの楊映はそれを手に取り、下戸の夏諸は白湯《さゆ》で手のひらを温めながら考え込んだ。

「そうですね……」

二人は役目のことで渋っていたが、世話になっていた彩蓮の申し出を断れなかったのだろう、おもむろに口を開く。

「実は、昨夜、馬家から、令嬢が行方不明になったと都衛府に届け出があったのです」

「馬家？　馬将軍の？」

「はい。馬姜月というご令嬢です」

彩蓮は驚いて目を見開く。

「馬家の令嬢が行方不明なんですか？」

「いえ……それが、馬家の家宰《しつじ》が、今朝になったら昨夜のことは黙っていて欲しいと口止め料を持って来たのです」

彩蓮は首を傾げる。

「よくあることだと思いました。娘はどこかに攫《さら》われたのではなく、自分から、例えば男の元へと走ったりすることは、日常的にあることなのです。名家であればあるほど、そういう場合、隠すものです」

「では、問題がないのではないですか？　姜月嬢が家に戻ったのなら」

しかし、二人の顔は暗い。

何かあるのだろうか。

「今朝、宮殿で事件があったようです。姜月嬢が宮殿内で殺されて、手足を切断された状態で見つかったと聞きました」

「まぁ」

彩蓮はあまりの無残な殺しに声が出なくなった。でもどういうことだろう？

「頭部は北門の望楼の欄干に置かれていたそうです。体は無造作に後宮の庭にあったらしいのです」

「証人は？」

「宮殿内でのことです。皆恐れて口を開きません」

彩蓮は生え抜きの武官、楊映を見た。

「宮殿内であったことをなぜ、都衛府が調べているのですか？　都衛府は都の治安を預かる部署でしょう？」

「実は今朝早く、明河で首のない若い女の死体が揚がりました。この夏諸が、その体は令嬢の体ではないかと言い出したのです」

彩蓮は身を乗り出し夏諸に尋ねる。

「そう思うのはなぜですか？」

「昔、私は馬将軍の下にいました。馬家は武門の家。邸内に射場があったそうで、令嬢は子供の時、大人が目を離したすきに射場に迷い込んでしまったことがあるそうです。そこで間違って射られ、体に傷が残ったと聞いています。明河の死体にも古い箭《や》傷がありました」

「そんなことで、姜月さんの体とは言えないと思いますけど」

「左脇腹です。その傷のせいで、令嬢は、結婚相手が見つからないという噂もあって覚えているのです」

彩蓮は頭の中を整理する。

「つまり——宮殿にある死体には箭傷がないということですか？」

「権限外なので、死体を見ることができません。ですから、禁軍の皇甫珪殿なら何かを知っているかと思って来てみたのです」

宮殿で見つかった遺体はバラバラだったとはいえ、一応、すべての部位が宮殿内で見つかっているという。もし、明河で見つかった遺体が本当に姜月のものだとしても、なぜ犯人は、そんなややこしいことをしたのか――。さっぱり分からない彩蓮は腕を組み、考え込んだが、答えが出るはずもない。

「明河の死体は頭だけがなかったのよね？　宮殿のものはばらばらで」

「そういうことです。頭部は目下捜索中です」

楊映は遠慮がちに言った。

「皇甫珪殿を待たせて貰《もら》ってもよろしいでしょうか」

「構いませんけど、そんな事件が起こったら、帰ってくるかしら？」

二人はそれもそうだと顔を見合わせる。

「実は、わたしも昨日、姜月さんを街で見かけました」

「本当ですか？　いつ頃の話ですか」

「さあ、昼前ごろだったかしら。棗《なつめ》屋の主人が、あれが馬姜月だと教えてくれたんです」

「では、彩蓮さまには面識がなかったということですね？」

「ええ。一度も会ったことはないです。昨日は小真も一緒だったから、何時《なんとき》かは聞けば分かると思うけど、何やら大きな荷物を持っていたわ」

彩蓮は皇甫珪が帰ってきたら連絡を入れると約束した。

「分かりました……では一旦《いったん》引き上げることにします。くれぐれも皇甫珪殿によろしくお伝えください」

二人は貞家を後にした。

2

好奇心旺盛《おうせい》な彩蓮が、いつ帰ってくるか分からない皇甫珪を待てるはずもない。都衛府の武官たちが帰ると、すぐに小真に馬車で送ってもらい宮殿に向かった。騎遼から貰った通行証があるから、いつでも中に入れる。皇甫珪に話をして帰ろうと思って、禁軍の詰め所を探しているうちに、必然的に目ざとい男に捕まった。

「彩蓮、よく来てくれたね」

銀髪の麗人は、この国の王、景騎遼である。むさ苦しい禁軍の執務室が並ぶ廊下で、優雅に扇で顔を半分隠すと流し目を彩蓮に送る。黄金の衣は目映《まばゆ》いばかり。自信は溢《あふ》れんばかり。でも彩蓮はそれにつられたりしない。

「あなたに会いにきたわけじゃないの、騎遼」

「冷たいことを言うな。茶の一杯でも飲んで行け。君の好きな棗の菓子があるぞ」

彩蓮は、皇甫珪を探そうとしていた足をぴたりと止めた。棗があると聞けば、皇甫珪は二の次である。

「しょうがないわねぇ。王さまに誘われたら断れないわ」

体よく、王からの誘いだと言って、彩蓮は渋々のていで正寧殿へと向かった。どのみち、宮殿内で起きた事件のことを話に来たのだ。相手が皇甫珪から、騎遼になっただけのこと。構わないだろう。

そんなわけで、彩蓮は都衛府の武官が貞家を訪れたことを騎遼に話した。

彼は別段、驚くでもなく、茶を飲み、美しい所作で棗を口に運ぶ。

「妃《ひ》嬪《ひん》選びが、後宮で行われていることは知っているか？」

「いいえ？」

「数日前から候補の娘たちが後宮に集められている。そんな中バラバラになった死体が発見された。死体は誰のものか判別がついていないが、馬姜月が後宮で行方不明だと報告を受けている。だが、迂《う》闊《かつ》には手を出せない案件だ」

「まあ！　でもどうして手が出せないのよ」

「知っての通り、後宮は女の園。母上が王太后として仕切っているが、細部にまでなかなか目が届かない。かといって王が口出す場所でもない」

彩蓮は尋ねる。

「皇甫珪はその件を調べた？」

「ああ。頭部は、宮殿の北門の望楼で見つかっている。つまり男の領域でだ。皇甫珪にそれを調べるように命じてある。ただ、後宮で起こったことは後宮で処理される。胴体と手足の部分については後宮から出され、禁軍に引き渡されるのを待たなければならない」

「ややこしいのね。頭部は禁軍で、胴体と手足は後宮の宦官《かんがん》たちが調べるわけね」

「そういうことだ。王宮とは往々にしてややこしい場所なのだよ」

騎遼は苦笑し、彩蓮に棗の菓子を手渡した。

「遠慮しないで食べるといい」

「ありがとう」

彩蓮はそれを手にとり、口に入れた。高価な砂糖の甘さが口いっぱいに広がり、涙がでるほど美味《おい》しかった。

「ほら、食べろ」

騎遼は、そんな彩蓮をおかしそうに見て、皿ごと彼女の前に置く。彩蓮が大きな口でそれを頬張っていると、武具の音がして、ずっと探していた人が姿を現した。

「失礼します」

髭面《ひげづら》、皇甫珪である。きびきびと跪《ひざまず》く。

「皇甫珪、大王に拝謁いたします」

彼は彩蓮がそこにいたことに少し驚いたようだったが、事件とあれば、いつでも首を突っ込む彼女のこと。皇甫珪は顔色を変えずに、王に言われるまま立ち上がると進み出た。

「何か分かったか」

「遺体の頭部の損傷は激しく、酷《ひど》い死に方をした様子です」

皇甫珪の報告によれば、目玉はくりぬかれて、望楼の欄干に頭と一緒に並べられていたという。目玉が見つめる先は、北のはて——。

「怨恨《えんこん》と見るのが正しいかと存じます」

皇甫珪は、そう言い切った。

「まだ年若い少女にそこまで恨みを抱く者はあるまい。もっと詳しく探れ」

「かしこまりました」

彩蓮は首を傾げる。

「こういう捜査はそういう捜査を担当する人たちがいるんでしょう？　禁軍武官の皇甫珪に命じる理由は何？」

「君だって知っているだろう？　俺には信用できる人間がいない。こと後宮がらみでは、俺だって慎重になる」

「なるほどね」

「それで？」

　彩蓮が真顔で尋ねると、騎遼が笑った。

「なに？」

「今回の事件の解明を手伝ってくれるのか？」

「……そういうつもりで来たのではなかったわ。ただおしゃべりに来ただけで――」

「でも、黙ってはいられないと顔に書いてある」

　彩蓮は顔を上げた。

「馬姜月さんとわたし、昨日街で会ったの。とても感じのいい人だったから、気になってしまったの。それだけよ」

「待て、昨日、街で会った？」

「え？　ええ」

「それはおかしな話です、彩蓮さま」

　皇甫珪が話に加わった。

「馬家の令嬢は、昨日はずっと後宮にいたはずです」

「なんですって？」

　騎遼と彩蓮は同時に皇甫珪を見た。

「妃嬪選びのために、馬家の令嬢は昨日は、朝から後宮にいたと報告を受けています。

ただ、午後になって、急にいなくなったとのことです。それで禁軍の兵士が王宮内を捜したのですが、見つかりませんでした。宮門を出たという記録もありませんから宮殿の外には出ていないはずです」

「彩蓮、君がその娘を見たのはいつだ」

騎遼が茶器を置いて尋ねる。

「たしか昼ごろよ。でも午前中。昼食をその後に食べたから間違いがないわ」

「うむ」

騎遼は腕を組む。そしてしばし考えるのか、卓に肘《ひじ》をついた。眉間《みけん》に指を当てる。

「彩蓮の話が本当なら、馬姜月は宮殿の外で死んだ可能性もある。なにしろ宮門の出入りの記録などいくらでも偽造することができるからな。だが、遺体は宮殿の中で見つかった。わざわざ運び込むとは思えないから、やはり、宮殿内で殺されたのだろう。朝は宮殿におり、昼頃、宮殿を抜け出し、それ以後に戻ってきて何者かに殺された――」

「わたしも本当言うと確かではないわ。馬姜月さんとは面識がなかったから」

「それでどうして本人だと分かった？」

彩蓮は棗《なつめ》を口に放り込む。

「棗の菓子屋がそう言っていたの」

王宮というところは、そんなに簡単に出たり入ったりできるものではない。騎遼から通行証をもらう前は、彩蓮とて一通りの手続きを経て、中に入ったものだ。

「やはり、そうなると、菓子屋が間違っていたと考えるのが妥当だ。死体を見ても、原型を留《とど》めていないだろうから、分からないし困ったな」

「御意」

死体を検《あらた》めた皇甫珪が頭を下げた。

「でもそれだと、なぜ、河で見つかった体の部分には箭《や》傷の痕《あと》があったか説明できないじゃない？　都衛府の役人は勘でものを言わないわ。それなりに裏を取って、馬家の令嬢には箭傷があるって言っていると思うの」

「河で見つかれば、遺体は傷む。その傷自体もあやしいものだ」

都衛府が間違いをいうはずはなかった。遺体に箭傷があったというのは、信憑性《しんぴょうせい》が高いと彩蓮自身は見ている。

「後宮から体の部分が運ばれてくれば、少しは詳細が分かるだろう。そちらにも箭傷があるかもしれない」

騎遼はいたって落ち着いて見えた。しかし、付き合いの長い彩蓮は、その瞳《ひとみ》が暗く、何か迷いがあるように見えたから不思議に思う。

「何か困っていることがあるの？」

「いや。ただ、これは十中八九、俺の妃嬪選びが原因だろう。間違いがあれば、母上が責任を取らなければならない」

「王太后さまが」

騎遼は彩蓮を見た。

「何かが妃嬪選びに起こっていることは間違いない。彩蓮、君はそこに潜り込んでくれないだろうか」

「潜り込む？　わたしが？　貞家の娘が后選びに入ったら、問題になると思うけど？」

騎遼は余裕の笑みを向ける。

「母上の姪《めい》ということにすればいい。叔父《おじ》は地方の県令だ。人付き合いが嫌いな質《たち》で、都に出てくることはまずなく、出世欲もない。叔父のことは都では誰も知らないから、その三女ともなれば、存在自体も従兄《いとこ》の俺すらあやふやだ」

「まあ、選考を通っても妃嬪にしないと約束するならいいわよ」

騎遼が笑う。

「よほど自信があるのだな。貞家の娘でなく、一般の家の娘なら、選考は厳しい。后たるに相応《ふさわ》しい淑女かどうか課題を与えられ、二次、三次と上り詰めていかなければならない。礼儀作法、楽《がく》、刺繍《ししゅう》、詩才にも秀でているか試される」

「容姿の基準もあるでしょうし……」

騎遼が片目を瞑《つぶ》って見せた。

「それは心配ない。君は俺の好みだよ」

「あ、そ」

彩蓮はそっぽを向いた。そして不安になった。礼儀作法はともかくとして、弾ける楽器などない。貞家では一般の家と違って、趣味で音楽をやらないからだ。楽といえば、祭祀《さいし》において天を祀《まつ》る時に奏でるものという認識なのである。青銅でできた鐘《しょう》という吊鐘《つりがね》の楽器ならば、彩蓮も経験はあるが、複数人で演奏するもので一人ではむりな代物である。

——楽って琴《きん》とかよね……。

しかも刺繍？

詩才？

そんな優雅な趣味などあれば、皇甫珪などと婚約していない。

彩蓮の得意なことといえば、霊物である蟲《むし》の退治とか、迷える霊のお祓《はら》いとか、不慮の死を遂げた遺体の埋葬とか。それに関しては、皆がすごいと言ってくれる。

でも必要なのは——詩才……。

「とりあえず、探るだけ探るわ。その日、姜月さんと一緒にいたっていう人もきっと一人ぐらいはいるはず」

「一人一人呼び出して尋問すればいいことだが、そうなると恐れて話さない可能性もある。噂話を集めてくれれば、きっと何か分かるはずだ」

「ええ」

「協力してくれるなら、何か好きなものをやろう」

「考えておくわ。今のとこ、間に合っている」

彩蓮は、宮殿を辞して、家に向かった。

3

「彩蓮さまが、妃嬪選びに出られるんですか！」

屋敷に帰った彩蓮の話に、小真は心底驚いた顔をした。

「とっても難しいと聞いています。もしかしたら、巫官試験よりもずっとずっと難しいかもしれません。才色兼備でなければ通らないという話です」

女らしさとは皆無な彩蓮が、妃嬪選びに挑戦するなど、小真でさえ無謀だと思うのだから、彩蓮も自信を失くす。横で小春が、うんうんとうなずいて聞いているので、尚更《なおさら》である。

「またそんな危ないことに首を突っ込んで、貞冥さまに叱られませんか」

「叱られるでしょうね」

でもこれは国の一大事だ。何しろ、王の妻となるかもしれなかった人が殺されたのだから、祖父の貞白に許しを得て、宮殿に乗り込むしかない。

「荷物をまとめましょう。妃嬪選びはあと二日行われるらしいわ」

「途中から参加で大丈夫なんですか」

小真が風呂敷《ふろしき》を広げながら尋ねる。

「香《こう》王太后の姪ってことになっているの。地方から来ているから間に合わなかったことにして、参加する予定」

小真は彩蓮の化粧道具などをまとめながら、ふと顔を上げる。

「衣はどうするのですか？　他の人は気合を入れて参加しているのに、彩蓮さまは白い衣しか持っていないでしょう？」

彩蓮はにこりと微笑む。

「実はね、そういう時のために、こっそりと衣を作ってあるの！」

皇甫珪の母である蘭容は、彩蓮の父、貞冥の妾《しょう》ではあるが、貞冥には正妻がいないので、家の女主人と言っていい。いろいろ気を回して、彩蓮の身支度まで気を使ってくれている。目も覚めるような美人であるし、どうして、皇甫珪の父と上手《うま》くいかなかったか不明だが、彩蓮にとってよい義母役である。

「素敵なよそ行きが欲しいの」

彩蓮は騎遼から貰《もら》った絹の反物をどっさりと蘭容の部屋に持ち込むとおねだりした。

蘭容も頼られれば嬉《うれ》しいものだ。しかも昔は生計のために針子をしたことがあるという人で、趣味もよく、流行もとらえている。頼まれれば、力も入る。貞冥に内緒にこっそり作ると言う条件も飲んで、彼女は染めから彩蓮の外出着を作り上げてくれた。

「何着あるのですか、彩蓮さま？」

「さあ、十着ぐらいかしら？」

小真は呆《あき》れ顔だ。

しかし、絹自体は、騎遼や文恵王からの賜り物で、何度も危ない目に遭いながら、事件を解決したご褒美なのだ。蔵にはもっとあるのだから、少しぐらい自分に使っても悪くはない。

「衣は全部持っていくわ」

「二日間ですよ」

「そういうものなの。朝の挨拶《あいさつ》、午後のお茶、夜の宴《うたげ》、みんな違う衣に着替えるわ」

「へぇ。士大夫《きぞく》さまは贅沢《ぜいたく》なんですね」

小真は理解できないとばかりに、部屋に茶を持ってきた小春に、彩蓮の髪飾りを一つ一つ、壊れないように布に包むように言った。衣が十着なら髪飾りもそれだけの数を持っていかなければならないのを瞬時に判断したからだ。

それから使うかどうか分からない裁縫道具、重たすぎる鏡、洗面道具を荷物に詰める。

「街娘なら婚礼の荷物ですよ、彩蓮さま」

結局、大きな竹籠《かご》が一杯になった。

「まあ、いいわ。これくらいなら、皇甫珪が担げるから心配ない」

「そうでしょうか……さすがの皇甫珪さまも、これは担げませんよ」

「そうかしら？」

二人は荷物を見下ろし、途方にくれる。

「失礼します」

その時、戸が開いた。噂をすれば、皇甫珪だ。しかし、武具が違う。真新しい禁軍校尉の鎧《よろい》を纏《まと》っているではないか。小真と小春は驚いて目を見張り、真面目顔の皇甫景に飛びついた。

「昇進したんですか、皇甫珪さん」

「ああ。先ほど、勅命をちょうだいした」

「おめでとう！」

彩蓮も彼に抱きついたが、皇甫珪はあまり嬉しそうではなかった。彩蓮は不思議に思って顔を上げる。

「どうしたの？」

「王は、昇進の理由を今までの忠義によるものだと仰せられました」

「そうよ。騎遼にはいろいろやらされたし、危ない目から騎遼を助けてあげたもの」

皇甫珪は不満そうに剣を机の上に置いて、小真と小春には部屋から出ているように言った。彩蓮は不思議に思って、首を傾げる。

「どうしたのよ？」

「この昇進は此度《こたび》の事件の解決に対する前払いの褒美なのです。後宮が絡んでいることですから、一筋縄では行かないでしょう」

大男が気色ばむ。どうやら騎遼が、彩蓮をこの事件に、巻き込んだことが気に入らないらしい。どちらかというと、今回は彩蓮自ら事件に飛び込んだと言えるので、皇甫珪が騎遼を恨むのは、筋違いだと思うけれど、後宮が事件の舞台であるのなら、確かに誰が敵で誰が味方か分からない。危険な状況であるので、皇甫珪が心配するのは仕方ない。

「後宮とは魔窟《まくつ》です。欲と嫉妬《しっと》でまみれています」

「後宮には今、誰が住んでいるの？　騎遼に妃嬪がいるという話は聞かないけど？」

「王に仕える女人はいません。寝首を掻《か》かれる危険性があるので、王は寝ている時に近くに他人を置かないのです」

「あの人、慎重だものね……」

彩蓮は騎遼に心底、同情した。

生真面目な皇甫珪は続ける。

「後宮には、王の母君の香王太后。文恵王の妃の宋《そう》妃、黄妃《こうひ》、張妃《ちょうひ》、蔣妃《しょうひ》が住んでいます。例の殉葬問題の後、他の妃嬪《ひひん》は、陵《みささぎ》を見守ると言って、陵墓の近くに居を移されました。宮殿のつまらぬ争いに巻き込まれないようにされたのでしょう。ああ、あと、王の祖母であるご高齢の太王太后もお住まいです」

「その中の誰かが犯人あるいは、後ろで手を回しているってことね」

「確実ではありませんが、宋妃は王太后と不仲で、公子零炎とは姻戚《いんせき》関係です」

「ではその人から調べましょう」

すると皇甫珪が渋い顔をする。

「やはり彩蓮さま自ら調査に乗り出すのですか。今なら断れます」

彩蓮は皇甫珪に微笑んだ。

「皇甫珪。あなたは言ったわよね？　出世してわたしに見合う男になるって。わたしも、皇甫珪に見合う女になりたい。あなたのその校尉の鎧、とても素敵よ」

「それはすべて彩蓮さまのおかげです」

「そんなことない。あなたが活躍したから、今のあなたがあるのだと思うわ。この出世も前払いなどではなく、ちゃんとしたあなたの努力が報われた結果だと思う」

彩蓮は皇甫珪に一歩近づいた。

「皇甫珪、やれるところまでやってみましょうよ」

彩蓮は男の袖《そで》を引く。

「巫《ふ》官《かん》試験の一次は受かっている自信があるの。わたしはこの国の中枢に行きたい。騎遼は欠点も多いけど、いい王さまになるわ」

皇甫珪は大きくため息を吐いた。

「簡単なことではありません。厄介なことに関わらない処世術も、出世する能力の一つです」

「皇甫珪」

「しかし、賭《か》けに出るのが、出世のいとぐちというのも事実。分かりました。乗りかかった舟です。それにどうせ俺の場合は職務でもありますから、彩蓮さまを応援します」

「本当?! ありがとう！」

「その代わり。無理は絶対にしないでください」

彩蓮は「うんうん、分かった」と頷《うなず》いたが、彼女のことをよく知る男は、まったくそれを信用しない。それどころか、また大仰にため息をついてみせ、

「絶対ですよ」と釘《くぎ》を刺した。

4

「ここがわたしの部屋――」

その夜、彩蓮は後宮に上がった。

与えられた部屋は、宮女として来た時と違って、二間続きの豪華な部屋だった。奥に机と寝台があり、次の間に卓と長椅子がある。宦官《かんがん》が二人に、宮女が四人、お付きとなり、彩蓮が到着と同時に跪《ひざまず》いて挨拶した。

「ご挨拶いたします」

「楽にしていいわ」

彩蓮は、使用人たちを立たせると、長椅子に座り、優雅に言った。

宮殿に来るのにも慣れているし、宮女として働いたこともあるので、どういう態度で下の者たちに接したらいいのか、もうよく分かっている。だから余裕なのだが、田舎から出てきたただの県令の娘にしては態度が幾分大きく、また慣れすぎているのは

否めない。ちらりと、宮女が顔を見合わせた。彩蓮は、その場限りの名前を告げる。

「香牡丹《ぼたん》よ。よろしくね」

彩蓮には、少し可愛すぎる名前だと思う。それでも言い淀《よど》むことなく名乗ると、王の従妹《いとこ》らしく背筋を正した。

「王太后さまのおなぁりぃ」

　そこに宦官の甲高い声が聞こえたと思うと、騎遼の母、香王太后が姿を現した。姪《めい》ということになっているので、現れても不思議ではないのだが、突然のことなので、彩蓮も思わず椅子から飛び下りて跪く。

「王太后さま」

「あらたまる必要はないわ。立ちなさい、牡丹」

　王太后は彩蓮の腕に手を当てて立たせてくれた。息子が王となり、妃の一人から王太后となった人は相変わらず美しい。朱色の衣に錦糸《きんし》で鳳凰《ほうおう》を描いた袖の大きな衣をまとい、金の釵で豊かな髪を飾る。凛《りん》とした佇《たたず》まいも佳麗である。

「皆は下がっていなさい。姪と二人だけで話をします」

　ちらりと見れば、さすが、騎遼のお母さま。相変わらずの美人だ。

目が合ってにこりと微笑まれ、彩蓮も釣られて微笑み返した。そして長椅子に誘《いざな》われ、彩蓮は手を握られた。

「いつも王を守ってくれてありがとう」

「いいえ……守るだなんて」

「いいえ。守ってくれています。わたくしとしては、あなたを嫁にと思っているのですが……貞家は、許してはくれないでしょうね」

残念そうに王太后は目を伏せた。

きっと秋に起こった事件のことで、心を痛めているのだろう。

なにしろ王太后は前の王、文恵王の妻であるので、彩蓮の伯母《おば》、麗蓮と文恵王との間の悲恋についてはよく知っているはずだ。文恵王の実らなかった恋による執着心が、彩蓮に向かっていたことも気づいているに違いない。貞白は、たった一人の孫には、不幸な結婚をもうさせないと決めている。たとえ騎遼の母が望んでも、二人は結ばれることはない。

「わたしは巫覡《ふげき》として極め、父の後をついで太祝になりたいと思っているのです」

「王からもそのように聞いています」

「王を支えるのは、わたしの天命だと思っているのです。王后ではそれはなしえないのです、王太后さま」

香王太后は寂しそうに微笑んで同意してくれた。

穏やかで、とてもいい人だと思う。こんな人を姑《しゅうとめ》にしたら幸せだろう。でも、彩蓮には夢があり、それを使命とさえ思っている。景という国をこよなく愛しているから、騎遼の妻ではなく、表から国に関わって行きたかった。

「此度も王が無理を言って来てくれたそうで、礼を言います。後宮は華やかなようで恐ろしい場所。気を抜いてはなりませんよ」

「はい」

彩蓮は真剣に頷き、まずはこの人から聞き取りを始める。

「誰か犯人だと思われる人をご存知ではありませんか。殺された馬家の令嬢についてご存知のことがあれば教えてください」

「犯人にも馬家の娘についても、私は何も知りません。正直、わたくしもそんな娘が、妃嬪選びにいたことすら気づいていなかったほどです」

妃嬪選びに参加したのは三十人ほどらしい。

その一人ひとりの顔と名前を覚えるのは簡単なことではない。王太后という身分なら、なおさら覚えてはいないだろう。

「何か、調べましたか」

「切り刻まれた体は、後宮の庭で見つかりました。大きな石の上にぽんと胴が置かれ、手足がその下に散らばっていたと聞きました」

「酷《ひど》いことですね」

彩蓮の頭の中は回転する。犯人はそんな目立つところに死体を置いたということは隠すつもりがなかったことが窺《うかが》える。体を後宮に、頭部を門楼に置いたのは、どんな理由だったのか。

「目が北を向いていたとか」

「そのように聞いています」

王太后は袖で顔を隠した。

「後宮では何があってもおかしくありません。娘一人がいなくなっても誰も気にもとめません」

「目玉が北を見ていたのは、何か呪術《じゅじゅつ》的なことかもしれませんが、その点についてもご存知ありませんか」

「さあ、どうでしょう。わたくしには分かりません。そういうことは行われているのですか」

「目玉をくりぬいたものを国境に並べ、異民族が入らないように呪を施すということは行われております」

呪術的な目的で門楼に頭部と目を置いたか、なんらかの理由で、死体を辱めようとしたか――あるいは、捜査を攪乱《かくらん》するためか。

「死体は、いつ頃、発見されたと報告されていますか」

美貌《びぼう》の王太后は首を傾げて、考えた。

「報告を受けたのは、朝、顔を洗っている時でしたから、死体が発見されたのは、その前。日が昇ってからのことでしょう」

「どなたか犯人の心当たりはありますか」

王太后は微笑んだ。

「後宮では誰もが怪しいものです。后たちも怪しいですし、他の后選びに招かれた娘たちも怪しむべきでしょう」

馬姜月は美しい娘で、評判もよかった。一瞬しか顔を見ていないとはいえ、性格も良さそうだった。ならば、嫉妬《しっと》の上の殺人とも考えられる。

死体をばらばらにしたのも——一人か複数かは不明だが——運び安くするためにした処置の可能性もある。

「一人一人に挨拶《あいさつ》に行った方がいいようですね」

王太后は首を振る。

「三十人もいるのです。日が暮れてしまいます。わたくしが呼び出すので、その場にいて、不審な者を選ぶのがよろしいでしょう」

「お手数をおかけします」

彩蓮は頭を下げた。

「何を言うのです。助けてもらっているのはこちらです。あなたには感謝しているのですよ、彩蓮」

「お言葉、痛み入ります」

王太后は、それからすぐに自室に戻ったが、彩蓮は一人考え込んだ。

なぜ、頭部だけが、門楼に運ばれたのか。

そんな手間をかける必要はないのではないか。

それに仮に後宮の誰かが実行犯だとしても、門楼に頭部を運んだのは、男のはずだ。後宮からは遠い門楼に、夜とはいえ女が警備の兵士に誰何《すいか》されずにはたどり着けはしまい。

「犯人は二人以上……男と女――」

犯行は後宮で行われたことに間違いないと彩蓮は思った。門楼で殺して、わざわざ大きな胴体部分を後宮に運ぶことは考えづらい。うーむと彩蓮は唸《うな》る。

「もうお休みになられましたら、牡丹さま」

そこに宦官《かんがん》の一人――張《ちょう》宦官が現れた。

「ええ……そうね」

彩蓮は立ち上がる。寝衣を侍女たちが運んできた。捜査は明日の朝から始めるのがいいだろう。今夜はもう遅い。宦官が、ちらりと彩蓮の方を見て尋ねた。

「王太后さまはどのようなお話を？」

「？」

「なにやら、深刻そうなお話をしている様子でしたので」

「故郷のことをあれこれ。不幸が知人にあったから、その話もしたわ」

「さようでございましたか」

彩蓮は、宦官の笑みに隠された鋭い瞳《ひとみ》を見逃すことはなかった。

――わたしは誰かに監視されている。

背中に冷たいものが走った。

5

彩蓮は后選びの集まりの前に、門楼に足を伸ばすことにする。

後宮の門を潜り、正寧殿の屋根を目印に歩いていくと、皇甫珪と出会った。どうやら、彩蓮が来るのを見通して、ずっとそこで待っていてくれたらしい。

「門楼に案内して欲しいの」

「そうおっしゃると思っていました」

二人は石畳の上を急ぎ歩いた。

そして彩蓮はすぐに変化に気づく。警備兵が皆、皇甫珪に頭を下げるのだ。彩蓮は心地よくなった。

「出世したわね」

「まだ、慣れていません。上官だった人が今は、ずっと下にいるのも、やりづらいです」

「あなたなら、そのうち慣れるわよ」

「はい」

彩蓮たちは正寧殿の横を通りすぎ、北門へと急ぐが、これがかなり遠い。すぐそこに門楼は見えるのに、実際歩くと宮殿の規模を実感する。王の居所の正寧殿の隣は、政治を行う正政殿。そしてその向こうに各役所が立ち並ぶ。彩蓮は、武官の詰め所を過ぎてようやく北門まで歩いた。

「着きました」

皇甫珪がそう言った時には、真新しい靴を履いていたこともあり、すっかり彩蓮のかかとは、靴擦れを起こしていた。彩蓮は泣きたい気持ちをぐっとこらえて、今度は門の横にある階段を上る。

「いったい何段あるのよ！」

文句を言うと、皇甫珪が後ろから背中を押してくれた。彩蓮はひいひい言いながら、階段を最上階まで上り詰めると、風が通る音を聞いた。

「足元を、お気をつけください」

彩蓮は最後の一段を踏み、望楼に顔を出す。四方を欄干で囲まれた広い場所で、展望がいい。欄干まで近づいて、遠くを見やれば、都のずっと向こうにある山々が青く連なるのが見えた。風が通り、気の歪《ゆが》みのない、いい場所である。

「どこに頭と目はあったの？」

「ここです」

皇甫珪が、彩蓮が触れていた欄干を指さした。彩蓮はすぐにあたりを見回したが、迷っている霊の姿はなかった。ここで殺されたのではない可能性が高い。

「目玉をくりぬいて、門楼に飾るなんて、呪術をほどこしたとしか思えないわ。巫官《ふかん》の誰かは、この現場を確認したの？」

「太祝さまが、自らこちらに来られたようです」

「お父さまが？　なんて言っていたって？」

皇甫珪は申し訳なさそうに頭を掻《か》く。

「特に聞いていません。というか、太祝さまは何も言わなかったと聞いています」

「ふうん」

彩蓮は面白くなさそうに言う。そしてもう一度、眼前の景色に目をやった。北の山々には烽火《のろし》台が点々とあり、今日も異常なしの煙が天に昇る。空はカラリと乾いて、どこまでも蒼《あお》く、羊雲が長閑《のどか》に駆けている。

「とても美しい場所だわ」

「はい」

「何時に頭部は発見されたの？」

「朝、門を明ける前に、門番が見つけました」

「死体が、後宮から運び出されたらしいわね。胴体と手足は見た？」

「はい。酷《ひど》い有様でした。二十箇所近く匕首《あいくち》か何かで刺されていました」

やはり怨恨《えんこん》か。

「箭《や》傷の痕《あと》は体にあった？」

「損傷が激しく分かりませんでした」

彩蓮は門楼の階段を下りだした。長居はできない。他にも調べなければならないことがたくさんある。胴体と手足が見つかったという場所にも行かなければならないし、妃嬪選びの令嬢たちとの顔合わせもある。

「ここでいいわ」

皇甫珪とは、正寧殿の近くで別れることにした。

そして一人とぼとぼと、かかとを気にしながら彩蓮が歩いていると、男がこちらに手を振ったのが見えた。ここはもう後宮だ。宦官でなければ、存在する男は一人――。

「騎遼！」

「待っていた」

王なのに、こんな気軽でいいのだろうか。髷《まげ》を翡《ひ》翠《すい》の小冠で留め、若紫の絹の上着を着ている。

「どうしてここに来るって分かったの？」

「ここは俺の庭だ。彩蓮がどこにいるかくらい分かるよ」

「じゃ、わたし付きの宦官にわたしを見張らせているのも、あなた？」

騎遼が訝《いぶか》った。

「君付きの宦官？　いや。君の下着の色まで調べさせる趣味はない」

彩蓮はふんと鼻を鳴らす。

「なんだか、部屋で宦官に見張られている気がしたの」

「そういう時の勘は大抵正しい」

騎遼は彩蓮の腰を抱き、庭園を歩き出した。

「ここのあたりは、春は花が咲き乱れ、秋は草木が色づくとてもいい場所なのに、死体が発見されるとは残念だよ。花の色が違ってみえるようになってしまった」

「不謹慎よ。死んだのは、あなたの妃嬪候補だったのに」

騎遼が鼻で笑う。

「妃嬪候補？　全くの茶番だ。本当のところ、もう誰を選ぶのか決まっている」

「そうなの？」

「そういうものだ。妃は三、四人決まることになるだろう。母が一人、祖母が一人、あと父上の妃のうちの誰かが押す女人を選ぶことになる。競争があるとすれば、その一枠か二枠を巡ってのことだよ。よしんば、俺が誰かを見初めたとしても、妃にはなれないだろう。また選ばれなかった者はそのまま家に帰される。それでもいいという連中が、今回、ここに集まっている。特に、祖母には子供のころから可愛がってもらった恩があるから、祖母が選んだ女《ひと》を拒む理由は俺にはない」

騎遼は興味がなさそうだった。

そして二人は無言だった。騎遼が彩蓮を妻にしたいと思っているのを知っている以上、当たり障りのない話題を見つけることができなかった。ただ、切り替えも早いのが、騎遼である。死体が見つかったという石の前に立つと、扇子でそれを指す。

「ここだよ」

「ここ？」

その庭石は、庭の通路の横にあり、ちょうど腰掛けるのにいいぐらいの大きさだった。

彩蓮はあたりを見る。

竹が右側に植わっていて、そちらからは人目は避けられるが、左側は開けていて、人が通れば気づかれる恐れがある。彩蓮は首を左右に回した。

「幽霊がいないわ」

「すでに巫《かんなぎ》が、周辺を捜索した。でも幽霊の姿はどこにも見られなかった」

「ここで殺されたのではないわね。よそで殺され、運びやすいようにバラバラにしてからここに運ばれたとしか考えられない」

「俺も同意見だ。だが、なぜここに運ぶ必要があったんだ？」

彩蓮は石の端を撫《な》でた。残影すら残っていない。

「別の場所に運ぼうとして、誰かに見られそうになってここに捨てたか。あえて、見つかる場所に放置して、死体の発見を早めたかのどちらかね」

「怨恨なのは間違いなさそうだな。二十箇所も斬りつけるなど尋常ではない」

「ええ」

彩蓮はもやもやした気持ちが晴れぬまま、もう一度、死体が置かれていたという石を見る。なんの形跡も残っていないのに、なぜか、被害者の馬姜月の助けを呼ぶ声がする気がした。

6

「まだかしら」

「まったく、いつまで待たせる気かしら」

彩蓮は、騎遼と別れると、一旦《いったん》部屋に戻って、変装用の化粧を施す。ほくろやそばかすを書き足して、眉毛《まゆげ》を不揃いに太く描けば、滑稽《こっけい》な顔の完成だ。まずまずの不美人で、別人に見える。女は化粧で変わるというけれど、彩蓮の場合も本当にその通りだった。

そして遅れて妃嬪選びの参加者たちの列に加われば、皆、疲れ切った顔をして、ひそひそと文句を口にしていた。どうやら、太王太后及び、王太后までまだ来ていないようだ。彩蓮は、おかげで、間に合ったわけだが、既に一時《いっとき》も待たされている少女たちは、立っているのさえ、もう苦痛と言った様子である。

「これも試験の一つです」

そう囁《ささや》いたのは、彩蓮付きの女官で、彩蓮は背筋を慌てて伸ばした。

どこで誰に見られているか分からないのが、後宮である。審査は既に始まっているのだ。とりあえず、一次で落ちるわけにいかない彩蓮は、黙って列の一番うしろで待つことにした。

「静かにしたら？　ここはあなたたちの家じゃないのよ」

列の前方で、誰かがそう言ったのは、そのすぐ後、私語が酷くなった時だった。少女たちは、おしゃべりを一瞬止めたが、すぐに嫌な空気が漂って、またなかったように部屋の中はかしましくなった。

「あきれるわ。王の后になりたいっていう人たちが、噂話や文句ばかり言って」

皆に注意した少女は、列を離れると、彩蓮の後ろについた。並ぶ順番によって、顔を覚えてもらえるかどうか、重要なことなのに、後ろにつくのは自信の表れなのか、他の子たちと一緒にいたくないからなのか。その度胸はなかなかだ。

「勇気があるわね」

彩蓮が声をかけると、こちらを見た少女は眉《まゆ》を寄せた。切れ長の瞳《ひとみ》が美しく、髪を大きく結っている人は、どうやら気安い性格ではなさそうだ。

「遅れてきた人ね。王太后の親戚《しんせき》だか知らないけど、特別扱いはどうかと思うわ」

「え、ええ……」

たじたじになって彩蓮は苦笑いする。でも言われてばかりいるわけにはいかない。彩蓮はここに妃嬪になりに来たのではなく、事件を探りに来たのだ。情報を集めるには、まずは周りと仲良くならなければ始まらない。

「わたしは香牡丹。よろしく」

「私は、洪児《こうじ》揺《よう》。無駄口は好きではないの」

「あなたも誰かの推薦？」

彩蓮は能天気を装った。

「いいえ。地方の役人の娘よ。地方の選抜試験に受かってここに来たの」

ここに集められたのは、妃等から推薦された者、家柄のいい貴族の娘、地方で美貌《びぼう》や才能に恵まれて選ばれた美女の三種類。おしゃべりしているのは、推薦をもらって気楽に来ている都の貴族の娘たちで、真剣に地方から幾度も試験を経て、ここまで上り詰めた児揺には面白くないことのようだ。

だからと言って貴族の娘たちにぞんざいな口を利くのは危険だ。彼女たちの父や祖父は高官で、その中から后《きさき》が出るかもしれないのだから。

だが、児揺はそんなことにはお構いなしだ。

田舎から出てきたわりに、なかなか趣味のよい衣を来ているし、一等美人なのは間違いない。自信に満ちていて、それが彼女の美貌をいっそう華やかに見せていた。いいところまで行くのは間違いないだろう。胸もあるし、体つきも悪くない。ただ、騎遼の性格を考えると、どうだろう。あの人は、常に匕首《ひしゅ》を懐に隠し持っている。寝首を掻かないような大人しい人が理想のように思うが——。

「私は周花《しゅうか》と言います」

彩蓮の隣にいた子が、話したくてうずうずしていたらしい。突然、声をかけてきた。

桃色の衣がよく似合う童顔の美少女で、髪飾りが少し幼い感じだが、そういうのが好きなのだろう。よく似合っている。ほんわかした少女だった。

「よろしく」

こちらは猫のように懐っこい。にこにこと無邪気な笑みを浮かべ、手を差し伸べてもいないのに、握手する。年は彩蓮より下だろうか。

「あなたは高官の娘でしょう？」

お嬢さま然としているので、尋ねると、本人も素直に認める。

「お祖父《じい》さまが司馬《しば》です」

彩蓮はぴんと来た。司馬とは軍事の最高位である。同じ武の家の娘、馬姜月を知っていても不思議はない。

「馬姜月さんが、どうなったか知っている？」

彩蓮は声を潜めた。

「亡くなったって聞きましたけど……それ以外は何も知りません」

姜月が殺されたのは、周知の事実らしいが、後宮では箝口令《かんこうれい》が敷かれ、遺体が切断されてあちこちで見つかったことなど誰も知らないようだった。

「ねぇ、あなた。牡丹さん？」

「え？　ええ」

周花が長いまつげを瞬《まばた》いた。

そしてじっと彩蓮の顔を覗《のぞ》き込む。

「あなたをどこかでお見かけしたことがあるような気がします」

「気のせいよ。わたしはあなたに初めて会ったわ。ずっと県令をしている父と一緒に都の外に住んでいて、都に来ることもなかったんだから、会ったことがあるはずはないわ」

「そうかしら……」

「そうよ。気のせいよ」

彩蓮は、化粧でごまかしているとはいえ、内心焦った。確か周司馬の家には婚礼の祭祀《さいし》の手伝いに行ったことがあった。もう半年も前のことだから、きっと誰も覚えていないと思っていたけれど、周花は人の顔を覚えるのが得意らしい。彩蓮は慌てて話題を戻す。

「周花さんは、姜月さんのことを何か知らない？　どうして亡くなったのかしら」

「姜月という人とは、部屋が隣でした。亡くなって残念です」

「隣の部屋だったの？　亡くなるその日もそこにずっといた？」

「ええ、そうです。ご挨拶《あいさつ》しましたもの。でも、なんでそんなことを聞くんですか？」

　不審な目を向ける周花。

　彩蓮は笑みを浮かべてごまかした。

「こんなに暇なんだから、することと言えば噂話ぐらいでしょう？」

「まあ、そうですけど」

　彩蓮が眉をよせると、ずっと聞いていただけの児揺が言った。

「逆に、同じ妃嬪選びに参加した人が不審死して、平気でいられる方が不思議だわ」

「軽々しく話すべきことではないわ。だからこの周花さんだって何も言わないのよ」

　彩蓮はツンとした。

「あなたが犯人かもしれないし、この中に犯人がいるかもしれない」

「話にならないわ」

「でも、そうでしょう？　姜月さんはかなりの美人だったと聞くし、家柄もよかった。妃になってもおかしくない。恨まれて当然の要素を持っていたの」

「そんな美人だったかしら？」

　洪児揺は、薄ら笑った。

「そんな美人なら、私の記憶に残ってもいいものなのに、ぜんぜん覚えてないわ。あなたが言うほどの美人ではないわね」

彩蓮は呆《あき》れた。

よっぽど自分に自信があるのだろう。

助けを求めるように、周花に目を向けると、彼女は、にこりと微笑む。

「お友だちだったんですか、牡丹さんは」

「いいえ。会ったこともないわ」

「私は可愛い人だと思いました」

「そう？」

「はい。だから、人に恨まれてもしかたありませんね」

邪気なく微笑んで、周花が言った。

彩蓮は残る妃嬪候補を見回す。誰もが美人で、皆が王の寵愛を得ることを夢見てここに集まってきている。それもこれも一族の期待を背負っているからだ。栄華を極め、欲を満たすために、彩蓮と年の変わらない少女たちが、醜く争っているのかと思うと、彩蓮は、その仮面の下が恐ろしくなった。

7

結局、今日の予定はすべてなくなった。騎遼の祖母、太王太后が具合を悪くしたからだ。

暇を持て余した三人の少女は、夕刻に彩蓮の部屋に集合することにした。

「お元気だと聞いていたのですけれど」

優しい周花が、太王太后の病が心配なのか、眉を寄せた。

しかし、児揺の方は不満げに彩蓮の部屋を見る。鳳凰《ほうおう》を描いた銅鏡にはつまみに赤い房がついている。部屋を仕切るのは玉簾《たますだれ》。衣架に掛けられた毛皮は非常に高価なものだ。青銅の香炉から漂うのは、丹桂《たんけい》の煙である。

「差別だわ。私の部屋はこの部屋の半分もない。調度だって格段にいい物ばかりが置いてある」

彩蓮は、棘《とげ》のある児揺の言葉に亀のように首をすくめる。

「鏡とか、香とかは家から持ってきたのよ」

宮女が茶と菓子を持ってきて、丁寧にお辞儀してから下がった。それを見た児揺はさらに落胆を表す。

「私付きの宮女たちは茶すら出した例《ため》しがないのよ。これでは、初めから結果が分かっているようなものだわ。妃なんて、私が知らなかっただけで、どうせ既に誰がなるか、もう決まっているんでしょう？　違う？」

誰も彼女に、宮殿の難しい人間関係や、その暗黙の仕組みを教えてくれなかったらしい。扱いの違いに、児揺は心底がっかりしたようだった。

「宮殿で快適に過ごすには、心付けが必要なのよ」

彩蓮は声を潜めた。

「お付の宮女や宦官《かんがん》にもお小遣いをあげないといけないし、妃嬪候補になれば、偉い人によろしくの挨拶をしなければならない。もちろん、手ぶらでは行けないのよ」

児揺は大きな瞳《ひとみ》を彩蓮に向ける。

どうやらどれもしていなかったらしい。

「やっと分かったわ。どうして私付きの宮女は陰険で仕事をしないのか」

彩蓮は後ろを振り向いた。

「あなただって誰か後ろ盾がいるんでしょう？」

周花がにこりと微笑む。

「ええ、まぁ……」

濁そうとした周花に児揺が詰め寄った。

「誰なの？」

「……太王太后さまです」

児揺はいっそう肩を落とした。

「王さまは、孝行者だって聞いたことがある。お祖母《ばあ》さまが選んだ嫁を嫌とは言わないはずだわ」

児揺は彩蓮を見る。

「私なんて、結局数合わせにしか過ぎなかったのよ……」

彩蓮は長椅子に座り込んだ児揺を慰めた。

現実を知っている少女たちが大半だろうが、地方から選ばれた児揺のような娘は、それが箔付《はくづ》け程度のものでしかないことを知らない。そしてふと、彩蓮は思った。一体誰が、死んだ姜月を推薦して妃嬪候補にしたのだろうか。姜月になんの落ち度もなかったとしたら、その人物が事件に関わっているかもしれなかった。

「そろそろ私たちは失礼するわ」

夕食の時間になると、二人の客人は遠慮して部屋に一旦《いったん》戻った。彩蓮は見送りに出て、扉の向こうに夕闇を見つける。夜の帳《とばり》は西の空に押し寄せていて、沈黙が広がりつつあった。ただ宮殿の屋根に留まる鳥の鳴き声ばかりが響いているのが、悲しげであり、不気味でもある。

「牡丹さま」

現れたのは宦官だった。時々、騎遼の後ろに見かける、薛《せつ》という、以前、宮殿に来た時も何かと世話を焼いてくれた人である。

「どうかしましたか？」

「これを」

渡されたのはどうやら、参加者の釣書の写しのようだった。赤く添えられているのは、後見人やら、賂《まいない》の額、注意すべき親族などの注意書きである。彩蓮は、薛宦官を見た。

「何か、騎遼から伝言はありますか」

「『いつでも、夜這《よば》いしてくれて構わない』というお言葉を賜っています」

「伝言を頼んでいいですか」

「もちろんでございます」

薛宦官は腰を低くした。

「『馬鹿じゃない?!　行くわけがないでしょう、おととい来やがれ！』ってお伝え下さい」

「申し上げる勇気があれば、お伝えします」

「よろしくお願いします」

二人は頭《こうべ》を垂れ合った。

そして彩蓮はようやく一人になると、竹簡に目を通す。途中、茶を宮女と宦官が運んできたが、どちらも彩蓮が何を読んでいるか、慎重に探る様子だ。騎遼が選んだはずの宮女と宦官なのに、誰かの息が掛かっている。これこそが、後宮の怪。

『馬姜月。十八。馬将軍の娘。母、孫《そん》氏。得意なもの琵琶《びわ》』

馬姜月の釣書はそれだけだった。

他の娘たちは、祖父や伯父《おじ》、兄弟の官職も記載があり、好きな本や行ったことのある場所、どんな妃嬪になりたいか。王のために何ができるか。思いつくすべてのことが記載されている。騎遼は赤い墨で、「馬家は妃嬪選びに参加するのをそれほど望んでいなかったのでは」と自分の思うところを記載している。

しかも、馬姜月の推薦人は、騎遼の母と不仲の宋妃である。

「うーむ」

彩蓮は二人の新しい友人の釣書も見た。

話に嘘はなく、児揺は地方官の娘、周花は司馬の孫。後見人は、児揺は県令で、周花は、太王太后である。なんらおかしいところはない。

他の妃嬪候補たちのものも確認したが、まだ顔と名前が一致しない。菓子でももって挨拶《あいさつ》に回るのがいいかもしれなかった。

彩蓮は天井を見た。

「高明」

そう、元商人の幽霊が、ずっと彩蓮の頭上で浮遊していたのだ。巫覡《ふげき》であることは伏せているので、宮女や宦官の気配がする時は、しゃべることができなかった。彩蓮は釣書の写しを見せた。

「調べてくれる？」

「かしこまりました」

ひゅるりと飛んだかと思うと、戸の僅《わず》かな隙間から出て行った。彩蓮は身につけていた釵《かんざし》や、佩玉《おびかざり》を外し、宝石箱の中に入れる。一日、緊張ずくめで肩がこった。小春がいれば、「彩蓮さま、肩をお揉《も》みしましょう」などと可愛いことを言ってくれるが、今回は、小真すら連れてこなかったから不自由で仕方ない。高明は調査の役には立つが、中年幽霊であるので彩蓮の癒《い》やしにはなれないのである。

「宮女を呼ぼうかしら」

そう思ってすぐにやめる。

ここで馴《な》れ合うのは危険すぎる。

夜もずいぶんふけた。

寝てしまうのが一番だ。

彩蓮は布団を被《かぶ》った。

考えるのは、洪児揺と周花のこと。なんとなく違和感を巫覡として感じるのに、何がそんなに気になるのか分からない。地方から出てきたにしても児揺は世間知らずすぎるし、周花はぼんやりしているようで、勘が鋭そうだ。

——明日《あした》もう少し、探ってみよう。

そう思って目を瞑《つぶ》った彩蓮——。

翌朝、宝石箱がなくなっていることなど、つゆほども気づかなかった。

8

「どうしよう……」

彩蓮は、こつ然と消えた宝石箱に手が震えた。

皇甫珪が大枚はたいて買ったという翡翠《ひすい》の腕輪はどうでもいいし、騎遼からもらった髪飾りなどは更にどうでもよかった。祖父からもらった佩玉がないと、彩蓮の霊力は不安定で未熟なままだ。宮女と宦官《かんがん》を並ばせてみたが、皆が貝になって何も話さない。この中の誰かのはずなのに悔しい。

彩蓮は騎遼の腹心である薛宦官に知らせるべきか迷ったが、我慢した。二つとない佩玉だが、騎遼の耳に入れば、拷問してでも取り返すように言うだろう。全く関係ない人まで巻き込むことはできなかった。

「高明は誰か見なかった？」

「さて。私が、他の妃嬪候補の部屋から帰って来た時には、部屋の明かりは消えていました。出口にずっとおりましたが、不審な人間はおりませんでした」

「つまり、わたしが寝て、あなたが戻ってくる前に起こったことなのね」

彩蓮は一度寝たら起きない己を恨む。

「高明。お願い。宮女と宦官の荷物を探してくれる？」

「宮女と宦官だけでよろしいのですか。怪しい人間はここにはごまんとおります」

「部屋に入れたのは、宮女と宦官ぐらいしかいないと思うの」

「わかりました。まず、その荷物から調べてみます」

「助かるわ。ありがとう」

彩蓮は穏やかでない心を落ち着かせると、茶を飲んだ。

こんな時、皇甫珪がいてくれたら、きっと必死に捜してくれるだろうに。後宮に入れないあの男は、今頃何をしているのだろう。

「牡丹さま。お支度の時間です」

宮女が、彩蓮の衣を持ってやってきた。

昨日、取りやめられた太王太后を交えた集まりが、今朝行われる。彩蓮は、釵が一つもない頭を晒《さら》すことに暗澹《あんたん》とする。でも、そこで諦《あきら》める彩蓮ではない。部屋に飾られた花を髪飾りにすることを思いつくと、思い切って手折った。

「ほんとうにいいのですか？」

宮女は躊躇《ちゅうちょ》したが、彩蓮に迷いはない。

「ええ。構わないわ」

いつものように髪を結い、そこに生花を挿していく。出来栄えは上々とはいえ、どれくらい花ががんばって咲いていてくれるかが問題だった。

「行きましょう」

彩蓮は足早に彩色が施された暗い回廊を歩き出す。するとちょうど、他の妃嬪候補たちも部屋から出てきて、くすくすと彩蓮の姿を笑った。

「正気？」

児揺が後ろから彩蓮の腕を引っ張った。

「正気も正気。綺麗《きれい》でしょう？」

後から来た周花も目を見開いて驚く。

「なにかあったのですか？　釵がないなら貸しましょうか」

「いいの。もう時間もないし」

児揺が、詰め寄った。

「釵はどうしたの？　昨日のあの綺麗な翡翠の釵」

「昨日盗まれてしまったのよ」

「あなたが綺麗で王の従妹《いとこ》だから嫌がらせよ」

「ただの嫌がらせならいいけど。釵は仕方ないにしても、佩玉はお祖父《じぃ》さまからいただいた大切なものなの。返してもらわないと困るわ」

彩蓮がしょんぼりとすると、児揺が背を撫《な》でてくれた。

「王太后さまに言うべきよ。調査すべきだわ」

彩蓮は皮肉に言う。

「ここで死んだ人もいるのに、犯人はまだ見つかっていないわ。宝石箱が見つかるとはとても思えない」

「そうだけど——」

児揺はまるで自分のものが盗まれたかのように悔しがった。のんびり屋の貴族の令嬢、周花は、ふと手巾《しゅきん》を持っていた手を止める。

「嫌がらせというより、警告ではありませんか」

「それはどういう意味？」

彩蓮は周花を見た。

「牡丹さんは、馬姜月さんのことをいろいろ聞いていたでしょう？　犯人はまだ捕まっていないんです。話を聞かれたのかもしれません」

確かに、昨日は広間で姜月のことを話してしまった。聞いていた人がいてもおかしくない。

「なら、そのうち宝石は返ってくるかしら」

「どうでしょう。でも佩玉を返せば、罪に問わないという噂をした方がいいかもしれませんね。王太后の姪《めい》でもあるあなたから宝石を盗んだなら、罪は軽くはありません」

「ええ。そうするわ」

そうは言っても望みは薄いだろう。

彩蓮は心配してくれる二人に微笑み、回廊を行く。ここは戦場なのだ。ずるい手や奇襲で人の戦意を砕き、己をより有利にしようとしている。彩蓮は負けてはならないと思った。

「人数が減っているわ」

広間に集められると、誰かが言った。

確かに、昨日、文句を垂れていた令嬢たちの姿がない。残るのは二十人ほどだ。やはり昨日のあれは試験で、ふるいにかけられたのか。

「太王太后さまのおなぁりぃ」

その時、宦官の声とともに、太王太后が、王太后に支えられながら、やって来た。白髪の老女で、背がくの字に曲がっている。優しげな眼差《まなざ》しは、若い頃はさぞや美人だっただろうと思わせる。その後ろからは、騎遼の父の后《きさき》だったと思われる四人の女性が続く。そして遅れて来たのは、騎遼で、ちらりと彩蓮を見て通り過ぎた。

「では、楽の試験を始めよう」

太王太后が、満面の笑みで言った。彩蓮はさっと血の気が引いた。見回せば、皆が楽器を持っているではないか。下手でも笛でも持ってくればよかった。次々と玄人顔と遜色《そんしょく》ない演奏をする令嬢たちを見ると後悔はいよいよ増した。

——ど、どうしよう。

自分の番はもうすぐだ。児揺は自慢げに琴を見事に弾いたし、ぼんやりしている周花さえ、琵琶《びわ》を優雅に奏でた。

「香牡丹」

名前を呼ばれたが、彩蓮は声が出ない。

「香牡丹はいないのか」

もう一度呼ばれて、やっと「はい」とかすれた返事をする。楽器もないし、こうなったら歌うしかない。歌にも自信は全くないが、巫覡《ふげき》として呪《じゅ》を唱えるから、きっと通じるものはあるはずだ。ただ歌える歌の種類は少ない。

彩蓮は大きく息を吸うと、ゆっくりと吐いた。

「桃の夭夭《ようよう》たる　灼灼《しゃくしゃく》たるその華　之《こ》の子　于《ここ》に帰《とつ》がば　その室家に宜《よろ》しからん」

よく婚礼で歌われる歌だ。

花嫁を褒める歌で、「その子が嫁げば、きっと家によい」という意味だ。妃嬪選びで歌うと、自薦に聞こえるかもしれないが、いたしかたない。貞家が関わる祭祀《さいし》は、婚礼と葬儀の二つで、葬礼の歌を披露するわけにはいかないのだから。

ただ何度も言うが、彩蓮は、歌に自信がない。

それなのに、選択肢は、下手くそな歌を大きな声を張り上げて歌うことしかなかった。音は完全に外れ、皆が唖然《あぜん》とするなかで、騎遼だけが扇の中で必死に笑いを堪《こら》えている。

――腹立つ。

誰のせいで、こんなところで歌うはめになっているのかと言ってやりたかった。

でも歌い終わると、何食わぬ顔で、彩蓮はさっさと少女たちの列に戻る。見れば、まだ騎遼は笑っていて、王太后に窘《たしな》められている。

――まったくもう！

赤面を止められない。

あとでしっかり文句を言ってやる。そう思った後で、彩蓮は、本来の任務を思い出す。この中から怪しい人物を探さなければならなかった。一番、気をつけなければならないのは、騎遼の母と不仲の宋妃である。馬姜月以外にも宋妃の親類の娘が、この妃嬪選びに参加しており、その娘と親しくなっておきたかった。

「あれです、あの青い衣を来ている吹き出物のある子です」

頭上から、予《あらかじ》め調べた高明が、指さした。可愛い子だが、気の毒に大きな吹き出物が額と頬を覆っている。家と環境が変わってぽつぽつ出てきてしまったのだろう。少女は俯《うつむ》き、前髪で一生懸命隠そうとしているけれど、おしろいでもそれはごまかしきれない。

「では採点する」

太王太后以下、妃たちは、筆を持ってどの娘がいいか書く。歌は完全な失敗だったとはいえ、王太后は彩蓮に点を入れてくれるはずだ。騎遼の点もあれば、落ちることはないだろう。

「香牡丹」

「洪児揺」

「周花」

他の通過者の名前に交じり、三人の名も呼ばれたが、吹き出物の少女の名は呼ばれることがなかった。泣き出してしまって、気の毒に思うがどうしようもない。ただ、彩蓮は不思議に思う。なぜ、彼女は落ちたのか。彼女を巡っての陰謀ではなかったのか。

「待って」

涙を拭《ふ》きに部屋を出た少女を呼び止める。宋妃の姪である。

「大丈夫？　ほら手巾よ、洟《はな》を噛《か》むといいわ」

彩蓮は回廊の柱に顔を隠す。

「信じられない。どうしてあなたが落ちたのかしら。器量よしだし、琴だってあんなにすばらしく奏でていた」

少女はキッと振り返った。

「叔母《おば》さまよ。叔母さまが、わたしを後宮に近づけたくないのよ」

「なぜ？」

「危ないって、ここは監獄のような場所だって……私、そんなことかまわない。王さまから寵愛《ちょうあい》を受けることができれば、それでいいのに」

彩蓮は驚いた。

宋妃は姪が後宮に上がることを喜んではいなかったのだ。後宮のありのままを告げて、帰るように促した。たぶん、姪の方では家族の期待を一心に背負っていただろうから、このまま帰るのは不本意で、悔しくてならない。

――宋妃は誠意のある人だわ。

少なくとも、姪に対しては真摯《しんし》な人だ。それに気づくと謎は深まる。一体、誰が馬姜月を殺したのか。宮廷で殺しを行い、それを隠蔽《いんぺい》できる人は限られている。彩蓮は三人以外にも選ばれた十人あまりの少女たちが集まる部屋へと戻った。

――この中に絶対に犯人がいるわ。

彩蓮の勘が警鐘を鳴らしていた。

9

「なくし物をしたそうだな」

そう言って、その夜遅くに彩蓮の部屋に現れたのは、騎遼だった。敷居を跨《また》ぐと自分の部屋のように長椅子に座って、彩蓮が差し出す茶を待った。

「よく知っているわね」

彩蓮が熱い茶を手渡すと、景王は、それを飲んで不満げに彩蓮を見た。熱かったようだ。

「そりゃ、俺の家で起こっていることを知らないほど、間抜けではないんでね」

宮女か宦官《かんがん》の誰かが、騎遼に報告していたらしい。

「太祝の佩玉《おびかざり》を盗まれたのでは困らないか」

「困っているわよ。大困り。術が使えないから、もしもの時、自分を守れない。しかも皇甫珪もここにいないから、なおのこと心配」

「巫官の巫《かんなぎ》をここに連れてこようか」

「わたしが誰であるか、分かってしまうわ」

彩蓮は、自分も茶を飲んで、熱さに唇を茶器から離した。茶を入れるのもあまり得意ではなかった。

「今日は、君にもできないことがあると知ってほっとしたよ」

「歌のことね。ずいぶん笑っていたようだから、ある意味、誰よりも王さまを楽しませたと思うけど？」

「全くだ。あんなに笑ったのは久しぶりだった」

「失礼な人」

彩蓮は、それよりと宋妃の姪《めい》の話をし、帛《きぬ》を騎遼の前に広げて、筆を持つと、そこに頭一つと体二つを描いて見せた。

「後宮で見つかった体は、傷がいくつもあって、馬姜月の体かどうか分からなかったようね」

「ああ。分かっているのは、背格好が同じだということだ。そこから調査を行う機関は『おそらく馬家の令嬢のもの』と結論づけている」

「わたしはやっぱり都衛府の役人が言ったように、街で見つかった体の部分が、姜月の体のような気がするの」

「では、もう一つの体は誰のものだ」

「そう。それよ。そして胴体は二つあるのに、頭はなぜ一つしかないのか——」

騎遼は長椅子の背もたれに深く身を委《ゆだ》ねた。

「なぜ、頭部を門楼に置いて、胴体部分は宮廷の外にわざわざ捨てたのかしら」

「体を宮殿の外に出すのは難しいのでは？」

「それはそうね。明河で見つかった体は、まだ手足が付いていたようだし……」

二人は考え込んだ。

「少なくとも、死体は二体で、殺人事件も二つあった。恐らく同一の人物が関わったと踏んで間違いないと俺は思う。体が明河で見つかったというのなら、恐らく一件目の殺人は、宮殿の外で行われたものだ」

彩蓮は騎遼の言葉に目が冴《さ》えた。

「つまり、馬姜月は宮殿の外で殺されたってことね」

「君も言っていたではないか、馬姜月を見たと」

「でも、その時間、みんなが姜月さんを後宮で見ているわ」

「みんな？」

騎遼がうすら笑った。

「宮殿では簡単に人、一人ぐらい、消えてなくなるのに、君はまだ『みんな』の言うことを信じているのか」

「では、そう言った人たちは、嘘をついているってことね……」

「おそらく。胴体を宮殿の外に持ち出すより、頭部を宮殿の中に入れる方が簡単だと俺は思うよ。特に門楼なら門を潜ったすぐ上だ」

「それは確かにそうね——」

騎遼が部屋の外に彩蓮を誘《いざな》った。

半輪の月が夜空に泳いでいた。星々は、薄衣のような雲にところどころ姿を隠しながら瞬く。夜の庭園に響くのは、彩蓮の靴の音だけで、時折、衣の裾《すそ》をかすめるように風が通り過ぎていった。

「君にいい知らせが二つある」

「なに？」

「一つは、巫官《ふかん》試験の一次に合格したことだ」

「本当?!」

「ただし、最下位でだ。なんで、人材を登用すべししか書かない？　他の受験生たちは、りっぱな献策を書いた答案を提出している」

「だって、どんな人材を登用すべきかは、騎遼が決めることよ。素行は悪いけど、頭がいい人がいいのか、ちょっととろいけど、忠義心のある者がいいとか。人選は臣下がとやかく言うものではない」

騎遼は苦笑したが、やはり献策はして欲しかったらしい。でも一次通過ならば上出来ではないか。彩蓮は満面の笑みで微笑んだ。

「二つ目は？」

「それはな――」

騎遼は、控えている宦官に「こちらにまいれ」と言った。現れたのは、一人の宦官の少年――いや、宦官の格好をしている皇甫哲ではないか。拝跪《はいき》して低頭する。騎遼が彩蓮に微笑んだ。

「君の身辺が不安だ。皇甫珪をここに付き添わせたいが、後宮でそうはいかないから、代わりを用意した」

たしかに哲は、まだ髭《ひげ》が生える前であるし、小真のような細やかさはないから、女装は無理だ。それにしても、よく本人が同意したものだ。騎遼は続ける。

「さすが、皇甫珪の弟だ。『さぞや、牢獄《ろうごく》は寒かったろうね』と労《ねぎら》っただけなのに、ぜひ後宮で君の警護をやらせてくれと頼んできたよ。忠義者だね」

「脅しただけじゃない……」

「そんなつもりは全くなかったよ」

騎遼は意味ありげに笑う。

「佩玉のことは心配するな。俺が見つける。霊力のある珠でできているから、巫《かんなぎ》を使って、捜させよう。事件解決の鍵《かぎ》になるかもしれないし」

「ありがとう」

「馬姜月が外で殺されたとすれば、都衞府に捜査を命じなければならないな。誰か信用できる人間はいるか」

「楊映と夏諸という者が熱心に捜査しているわ」

「師魚事件の都衞府の武官だな。それなら俺に恩を感じているだろう」

「忠臣であるのは間違いないと思うわ」

「分かった。捜査はその者たちに命じよう」

犯人は馬姜月を街で殺した上、頭部のみをなぜか、宮殿の中に持って入った。しかし、そこにはバラバラにされた別の女の死体があり、皆がそれを姜月のものだと信じている。

「なら、もう一つの頭はどこかしら」

騎遼が彩蓮を見た。

「宮殿の外に持ち出されたか――あるいは、頭だ。小さいから、どこかに埋めてあるのかもしれない。案外、庭の池の水を抜けば現れるかもな」

では殺された理由はなんなのだろう。

目立つように姜月が殺されたのは、第一の殺人を隠す意図があったのではあるまいか。なら、なぜ第一の殺人を隠さなければならないのか――。

彩蓮はそこまで考えて、行き詰まった。

考えても分からないことだ。

「途中まで送っていくわ」

「夜の散歩も悪くない」

二人は夜の王宮を行く。夜歩きと言っても、色恋めいたものではなく、自然、胴体の発見現場である庭の方へと足が向く。もちろん、皇甫哲も付いてくる。それなのに、騎遼は冗談ばかりいうから面倒くさい。

「今夜は月がきれいだな、彩蓮」

「月なんていつでもきれいよ」

空を見上げた彩蓮に騎遼が苦笑する。

「君は情緒が分からない人だね」

「情緒も歌も、作法も何も分からない。なんでわたしは、こんなところにいるのかしら?」

「それはな――」

しかし、その時、草むらの向こうから人の足音が聞こえた。慌てて、彩蓮は騎遼の手を引っ張って屈《かが》んだ。

「なぜ、俺まで隠れなければならないのだ」

「王が、妃嬪候補と一緒に夜の庭を散歩していたらおかしいでしょう？」

「なにがおかしいんだ。君と俺は従兄妹《いとこ》ってことになっている。夜中に、想い合う者同士が、逢引《あいび》きしてもさほど驚くことではないだろ」

「いいから、あなたは黙ってて。誰か来るわ」

彩蓮と騎遼は息を潜めた。

そして現れたのは、周花だった。連れているのは、おそらく太王太后付きの宦官《かんがん》。周花は、太王太后の後押しでここにいるのだから、密《ひそ》かにその宦官と連絡を取っていても不思議ではない。でも——彼女のほんわかした顔に似合わぬ声を出した。

「方士さまによろしく伝えろ。頼んだぞ」

「畏《かしこ》まりました」

彩蓮と騎遼は顔を見合わせる。

女の声のはずが、低く太い声でやや掠《かす》れている。騎遼が言った。

「あれは男だな」

「そんなはずはないわ。周花はとても可愛くて、女らしくて——」

「でも女ではない」

彩蓮はどちらかと言えば、洪児揺より周花の方が騎遼に向いているとさえ思っていた。それなのに、周花が男？　ありえない。たまたま風邪で声がかれていただけなのかもしれないではないか……。

「あれは男だ。断言する」

「どうしてそう思うの？」

「今日の楽の披露の時もそうだった。誰よりも女らしく、彩蓮など歯牙《しが》にもかけていなかった」

「悪かったわね。女らしくなくて」

騎遼は苦笑して、機嫌を取るように彩蓮を見てから続ける。

「問題はそこではない。あまりに女らしいがゆえに、不自然に感じた」

「そう？　わたしは何も気がつかなかったけど」

「あの者は完璧《かんぺき》だった。まるで習ったかのように、一つ一つの仕草を意識していた」

そう言えば、周花はいつも手巾《しゅきん》を持ち、上品な指先でそれをつまんでいた。そういう仕草をする人は多いけれど、騎遼が言うように、癖というよりは人の目を気にして意識的にしていたようにも思う。

「方士って言っていたわよね」

「ああ。確かに聞いた」

「周花は方士に繋《つな》がっている？」

「あの娘の後見人は誰だ？」

「太王太后だと言っていたわ」

「お祖母《ばあ》さまか――」

今日初めて会った太王太后は「おばあちゃん」と言った言葉がよく合う、白髪の老婆で、気の良さそうな人に見えた。騎遼のこともいたわっているように見えたから、関係は良好だろう。馬姜月殺人や方士の件とは関わりがないように彩蓮は思う。

「じゃあな。ゆっくり君を口説きたいところだけど、今日は調べることができたからもう帰るよ」

「その方がいいわ。無駄に時間を使うのは勿体《もったい》ないから」

騎遼は片目を瞑《つぶ》って見せると、何も言わずにその場を去った。

王の背が見えなくなると、ようやく皇甫哲は深い息を吐いた。彩蓮は微笑む。

「緊張した？」

「緊張したなんてもんじゃねぇ。兄貴がすごく怖い王さまだって言っていたんだ。言うこと聞かないと本当に宦官にされるぞって言われたんだぞ」

「うーん」

当たらずといえども遠からず。

皇甫哲は懐の匕首《ひしゅ》をこっそり彩蓮に見せた。

「心配すんな。オレが守ってやるからよ。喧嘩《けんか》じゃ誰にも負けたことはないんだ」

「頼もしいわね」

彩蓮は少し気持ちが楽になった。佩玉《おびかざり》を盗まれ、落ち込んでいたけれど、皇甫哲がいると和む。癖なのだろう、ちょっと得意げに指で鼻をこするのも可愛い。

彩蓮は、気持ちを新たにすると、頭上に声をかけた。

「高明、いるんでしょう」

霊力が未熟であっても、幽霊の気配ぐらいはすぐに分かる。庭木の陰から、月光を避けるように黒い影が現れた。さっきまで威勢のよかった皇甫哲は見えもしないのに、高明という名に身を縮めるが、霊は気にせず、宙で拱手《きょうしゅ》する。

「お呼びでしょうか、彩蓮さま」

「周花を探って。本当に騎遼が言うように男かどうか」

「畏《かしこ》まりました」

「ただ、気をつけてね、高明。向こうには方士が付いているようよ。幽霊の存在に気づく可能性があるわ」

「気をつけます」

高明が拱手し、彩蓮は夜空を見上げた。

霊力が乏しく、未来の気配さえ感じない。幽霊が見える程度では普通の人と変わりなく巫覡《ふげき》と呼ぶのは相応《ふさわ》しくない。まるで目隠しして歩いているようだ。しかし、彩蓮は騎遼からもらった日星術の書を思い出すと、わずかに気持ちが落ち着いた。過去を記し、未来を導くのが、日星術だ。案外、彩蓮のような半人前の巫覡にはぴったりな占術ではないか。

「辰星《しんせい》……」

騎遼が教えてくれた辰星を見つけた。北方にあり、冬の精でもある。

それが、今は、赤く円い。確かそれは——国が平らかでなくなる兆候——。

「何かが始まりそうね」

彩蓮はひとりごちた。

10

今日は妃嬪が選ばれる最終日だ。

残る候補は楽の試験を通過したあと十人。

児揺も周花も選ばれているが、彩蓮は最終の試験には挑まなかった。これはもう誰がなるか決まった茶番で、そもそも后になる気などさらさらない彩蓮には関係のないことだった。

だから、彩蓮はもう一度、皇甫哲を連れ、死体の胴体の部分が見つかった場所に立つ。

空は曇り、風は冷たかった。霜柱がまだ地べたに残り、歩く度にシャリシャリと音を立てた。彩蓮は木の葉が地べたを舞う中、騎遼が示した石の前に立った。

ここにあったのは、馬姜月の遺体ではなかったはずだ。若い女のものであるのは、間違いない。彩蓮は皇甫哲に頼んで掃除をする宮女を呼んで来てもらった。

「少し話を聞きたいの」

そっと金を握らせる。宮女たちは貧しい家の出が多く、給金を仕送りしているので、心付けをありがたく思うのは、以前、宮女として王宮に潜り込んだ時に知った。

「どういったことでしょうか」

「あそこで死体が発見されたことを知っている？」

歯並びの悪い少女は、屈託なく頷《うなず》いた。

「存じています」

「血の痕《あと》とか、この周辺で見なかった？」

死体を片付けたのは、宦官《かんがん》だったろうが、恐らく周辺を片付けたのは宮女だったに

違いない。案の定、少女は少し首を傾げてから、

「あのあたりに数滴落ちていました」

と石畳を指した。そこは竹林の反対側にある。

「この先には何があるの？」

「この先は、興苑殿《こうえんでん》です」

「興苑殿？」

「太王太后さまのお住まいです」

若い宮女は一礼すると、箒《ほうき》を持って駆けて行った。そこに高明が、音もなく背後から現れる。

「どうだった？」

「周花さまのお部屋には厳重に魔除《まよ》けの札が貼られて中には入れませんでした」

「あなたは周花が男だと思う？」

「今はなんとも」

「声は確かに低かったけど、風邪を引いていただけかもしれないわ」

彩蓮は上手《うま》くいかない調査に吐息を落とす。

「それじゃ、亡くなった馬姜月については何か分かった？」

「姜月さまは、確かに周花さまの隣の部屋でした。ただ、どうやら、そこには誰もい

なかったのではと思うのです」

「それはなぜ？」

彩蓮は前かがみになった。

「台所の帳簿には、その日の食事の内容が書かれているのですが、いたはずの姜月嬢の部屋には何も出されていないのです」

「それはおかしいわね」

「令嬢たちにはそれぞれ宮女や宦官が配されています。一人ずつ下級宮女が選ばれ、お手水《ちょうず》係になっているようなのですが、それもいないのです」

一見、姜月がその場にいるように見せかけていたが、完璧ではなかったわけだ。

考えてみれば、棗《なつめ》屋の前で会った時、彼女は大きな荷物を持っていた。恋人がいたなら駆け落ちに見えなくもない。姜月は妃嬪選びが嫌で逃げ出したのではないだろうか。あるいは男に騙《だま》されて、殺された。

「ねぇ、掃除の当番を代わってくれない？」

遠くで声がした。振り向けば、宮女の一人が年若い先ほどの娘に強引に当番を押し付けようとしている。少女は先輩に嫌とも言えず、もじもじとして、何も答えない。

先輩宮女が箒を突きつけた。

「誰もわたしとあなたの顔なんて知らないんだから、代わったって分かんないわ」

彩蓮ははっとした。

宮殿で妃嬪候補たちは、互いの顔を知らない。彩蓮のことも知っている人はいなかった。宮女、宦官ももちろん、妃嬪候補の少女たちの顔を見たことがない。ならば、誰かと誰かが入れ替わったとしても、初日ならば、判明することはないのではないだろうか。後宮に入ってしまえば、その後は家族とも顔を合わすことはほとんどないから、公になることはない。

「やはり第二の殺人は第一の殺人を隠すためだったと考えると辻褄《つじつま》が合うわ。本当は、被害者は二人いたのに、一人だけ死んだように見せかけた。つまり、誰かが誰かを殺してその人に成りすましているのよ」

「周花嬢ですか」

「あの完璧《かんぺき》なほんわか令嬢がもし本当に男であるというのなら、当然、周花嬢本人ではないわ。本物の周花が殺されたことを隠すために更に馬姜月を派手に殺して、人の目をそちらに集中させた――」

では周花が偽物だと言うならば、いったい何者なのか。

彩蓮は宮殿の高い塀を見上げた。今頃、後宮では最終試験が行われているはずだ。騎遼もその場にいて、美しい令嬢たちと言葉を交わし、贈り物を交換する。騎遼は何人かと二人きりで話をし、誰を后にするかを最終的に決める――。

「まずいわ！」

彩蓮は声を上げた。もし、周花になりすましている男と騎遼が二人きりになったら、何が起こるか分からない。彩蓮は走り出した。

――騎遼、無事でいて！

誰も走らない後宮の回廊を彩蓮はまっすぐに突き進んだ。

「おい、どうしたんだよ、急に」

事情が分からない皇甫哲も一緒に走る。

時折、女官が注意するが、そんなのを聞いている場合ではない。彩蓮は三段の階段を一気に飛ぶと、髪を揺らして走り続ける。

騎遼は馬鹿な男ではない。

いつだって懐に扇子と匕首《ひしゅ》を忍ばせている。でも、女の前では分からない。いくら男と疑っていても、あんな可愛らしい子はそうはいない。鼻の下を伸ばしている間に、ぐさりと刺されてもおかしくなかった。

「こっちです！　彩蓮さま！」

先に庭へと出る円の形の門を飛び越えると、高明が手で招いていた。彩蓮は息を切らして走った。そして騎遼と周花の背を見つける。二人の距離は接吻《せっぷん》ができそうなくらい近く、じっと見つめ合っていた。恋人同士の密会のように、騎遼は周花を庭の奥へ奥へと誘《いざな》い、陶器でできた椅子に周花を座らせた。

「さあ、これを」

そして一輪だけ咲いていた梅の花を手折って渡す。

──どうしよう。

迷いはある。

もし彩蓮の勘が外れていたら？

周花に恥をかかせてしまうことになる。

でも──騎遼の命と天秤《てんびん》にかければ、危険も冒さなければならなかった。彩蓮はできる限りの大きな声を出した。

「騎遼！」

彼ははっとこちらを振り向いた。

その瞬間だ。

周花が躍り出たかと思うと、袖《そで》の中から小刀を取り出し、騎遼めがけて振りかざした。冬の日輪に刃がきらりと輝き、瞬く間に騎遼の脇腹へと向かう。

「騎遼！」

彩蓮は札を手に取るも、佩玉《おびかざり》がないので、上手に飛ばせない。こんな時にどうして！　彩蓮は唇を嚙《か》む。皇甫哲が抜剣するも間に合わない。

しかし、周花の刃が騎遼の腹に達する直前、彼は大きく袖を翻して後ろに飛んだ。前のめりになった周花の体は、体勢を崩す。すると、どこからともなく、六人の禁軍武官が現れ、周花が体勢を整える前に、切っ先をその首へと向けた。

「観念しろ」

皇甫珪だった。

陰で王を守っていたのだ。

「彩蓮」

ぼうぜんとする彩蓮に騎遼が声をかけた。はっとする彼女の腕を握ると、騎遼は、刺客から距離を取る。

「無事か」

「わたし？　わたしは無事よ。それより騎遼、あなたは大丈夫？　怪我はない？」

「ああ。大丈夫だ」

彼は周花を斜めに見下ろした。

「寡人《おれ》の命を狙うとはどういう了見だ」

「…………」

「言いたくないなら、言わなくていい。言いたくなるようにするまでだ。連れて行け」

「はっ」

皇甫珪が周花を立たせると、猿轡《さるぐつわ》をさせて立たせた。彩蓮と目が合うと、少しだけ眼差《まなざ》しを緩め、そのまま兵士たちとともに周花を連れて去る。

「兵士たちをよく後宮に入れたわね」

「自分の命が惜しいからな。つまらない決まりを守っている場合ではない」

「でも、王太后さまや太王太后さまの許可を取ったの？」

騎遼は面白くなさそうな顔をした。

「ここは俺の国の俺の宮殿だ。俺の好きなようにする」

「まぁ、それは、そうだろうけど」

騎遼が彩蓮の肩を抱いた。

そして小声で囁《ささや》く。

「俺の祖母が、犯人だとしたらどうか」

「へ？」

「太王太后さまが、俺を殺そうとしているんだ」

「そんなの——」

ありえない、という言葉は口にできなかった。周花は太王太后の推薦を得ていたし、太王太后と公子零炎は血が繋《つな》がっている。

「太王太后は、最近、虚伊という方士を身近に置いている」

虚伊という方士は騎遼の従弟《いとこ》、公子零炎を支えている人物だ。彩蓮は顔を上げる。

「つまり――」

「太王太后は、零炎を王に据えようとしているんだ」

彩蓮は驚いて声が出なかった。

太王太后は、温和そうな人で、そんなことを思いつくようには見えない。しかし、騎遼は言う。

「太王太后は祖父の正妻だったが、その子は早世し、王位に就いていない。息子の忘れ形見の零炎こそが、王位にふさわしいと思っても不思議ではない。しかも、零炎ならまだ若い。太王太后自身が、実権を握ることができる」

王が未熟な場合、景国では、だいたい二十一、二までは母親の王太后が垂簾《すいれん》聴政を行う。騎遼には母がいるが、零炎にはいないから、太王太后がその気になれば、十七の青年が大人になるまでの五年ほど後見人となり、政務を執ることになる。つまり実質、王と言っても過言ではない。それは太王太后だけでなく、その一族に莫大《ばくだい》な利益をもたらすはずだ。

「つまり――太王太后と公子零炎が方士とつるんで、騎遼をお払い箱にしようとしているということね」

「そういうことだ。ただ――」

騎遼は遠くを見た。

「簡単な相手ではない。あの女に扮《ふん》した男が何を言おうと、祖母はしらを切る。馬姜月殺害にしろ、祖母は罪を問われないだけの身分を有している」

騎遼はそこで一瞬黙った。しかし、まっすぐに彩蓮を見たかと思うと、ずしりと重い言葉を放つ。

「ただ、王を殺そうとしたんだ。それだけの報いは受けてもらわなければ、俺の面子《メンツ》に関わる」

騎遼は瞳《ひとみ》を鋭くした。

彼は王なのだ。

誰も彼の威信を傷つけてはならない。騎遼は自分の命だけでなく、王としての立場も守らなければならなかった。

「隠蔽《いんぺい》のためにバラバラにされた少女たちの無念も晴らさなければならない」

「ええ」

「帰るか、彩蓮？」

「え？」

「ここで手を引くか」

騎遼がまっすぐに彩蓮を見た。

「今更、帰らないわ。乗りかかった船だもの、最後まで付き合う」

「ならば、太王太后を捕らえることはできるか」

真剣な眼差しに、少し彩蓮は迷った。太王太后を捕らえることは、よほどの度胸がなければできない。捕らえることに失敗すれば、報復される恐れがある。しかし、彩蓮はすぐに顔を改めた。

「やるわ」

「そう言ってくれると思っていた。権限は君にやる。好きなように暴れればいい。母上に頼みたかったが、いささか頼りない」

騎遼は勅書を彩蓮に握らせた。

騎遼は、とっくの昔から、自分の祖母が怪しいと気がついていたのだ。なかったのは証拠と根拠だけで、疑惑は以前からあったのかもしれない。

彩蓮は身内に縁のない騎遼に悲しみを浮かべた瞳を向ける。

母は優しい人とはいえ、父の文恵王は、息子に興味のない人だった。兄たちは騎遼が失脚させたからおらず、従弟は祖母と結託して命を狙う。信じられる人は誰もいない。特に祖母とは良好な関係に見えたから、余計に彩蓮は悲しく思う。

「騎遼。わたし、できることはするから」

「頼りにしている」

騎遼は哲を見た。

「お前は他のことを考えなくていい。とにかく、彩蓮を守れ」

「かしこまりました」

少年は紅潮して答える。

そこへ、武具の音がして、皇甫珪が早くも戻って来た。顔色が悪い。いったいどうしたことだろう？　髭面《ひげづら》が報告する。

「申し上げます。女に扮した刺客は、人ではなく妖狐《ようこ》でした」

「妖狐だと？」

「捕まえると、狐の姿に戻ったのです。ただちに巫官《ふかん》に引き渡します」

それで彩蓮ははたと思い当たった。彩蓮と皇甫珪を宮殿で襲った、女のようだった小柄な刺客はこの妖狐だったのだ。青い光の玉を操るのは、妖狐であれば容易《たやす》いことだ。つまり、この件は妖《あや》かしが深く関わっていることになる。

時間がない。

彩蓮は勅書を握りしめた。

正義は騎遼にあり、天命は太王太后にはない。彩蓮はそれを証明しなければならなかった。太王太后とその一味を捕らえて、親政を阻むものを一掃し、この国に安定をもたらさなければならないのだ。

　しかし、そこへ二十人ばかりの武装した宦官《かんがん》が現れ、彩蓮を囲んだ。

「香牡丹！　太王太后さまのご命令だ。謀反を企てた罪で捕らえる！」

「なんですって」

「連れて行け！」

　宦官が彩蓮を押さえつけようとした。巫女《みこ》としての力があったなら、宦官の一人や二人、簡単に押しのけることができるというのに、彩蓮には佩玉《おびかざり》がなかった。男たちに腕を摑《つか》まれて引きずられそうになる。

「放して！」

「待て！」

　むろん、そこに一緒にいた騎遼が黙って見てはいない。彼は彩蓮の腕を摑む宦官の胸を押した。

「放せ。何を根拠に謀反などと言うのだ！」

「王太后と画策し、太王太后さまを殺す計画を記した文がこの娘の部屋から出てきたのでございます。これは太王太后さまのご命令ですぞ」

　騎遼が拳《こぶし》を握った。

「でっち上げで、何を言うか！」

皇甫珪が無言で彩蓮の前に立ちはだかった。しかし、守られてばかりいるのが、彩蓮ではない。その前に立つと、さっと勅書を開いて見せた。

「王命よ。太王太后さまは、王を弑《しい》しようとした疑いがある。よって、冷宮《れいぐう》に幽閉とすることが決まっているわ」

彩蓮を捕らえようとしていた宦官たちは、皇甫珪らによって取り押さえられた。彩蓮は男たちを飛び越えて、太王太后の住む殿舎、興苑殿に走る。追って来るのは、皇甫兄弟と兵士二人。

「応援はすぐに向かわせる！」

騎遼の声が彩蓮の背中に言った。

――佩玉さえあれば……。

術が使えなければ、不安も大きい。

今まではずっと巫《かんなぎ》として生きて、それを誇りに思って来た。人にはない才能を持ち合わせた特別な人間だと崇められもした。しかし、佩玉を奪われた彩蓮の本来の能力はわずかだ。巫女としてまだ未熟で、身を守ることも危うい。

しかし容赦なく、彩蓮の前に武装した宦官が現れ、行く手を遮る。彩蓮は立ちはだかる男たちの脇をすり抜けるも、もう一人の宦官に腕を強《したた》かに叩《たた》かれて、身を崩す。

――痛い……。

泣きたいほど痛かった。

でも、彩蓮は負けるわけにはいかない。立ち上がると、拳を握り、躊躇《ちゅうちょ》なく襲おうとする宦官の顔面に打ち付ける。まさか少女にそんな抵抗をされるとは思っていなかった相手は、そのまま地面にひっくり返った。

「大丈夫か」

「ええ」

他を倒した哲が彩蓮に駆け寄る。強がってそう言ったけれど、本当は――

――手、痛すぎよ……。

手をこっそり背の後ろで撫《な》でる。

彩蓮は最近、佩玉の力に頼りすぎていたことを実感する。いや、佩玉の力を自分の力と思っていたふしさえあった。それを驕《おご》りといい、太祝になるなど大きな口を叩いていた自分が恥ずかしくなる。佩玉は祖父の貞白が長い年月祈りながら撫で、呪力《じゅりょく》を得たものである。自ら霊力を高めようとせず、試験勉強ばかりに夢中になっていた。

――お父さま。

父が彩蓮に足りないものがあると言ったのはそのことだろう。彩蓮は一人頷《うなず》くと、懐の勅書の存在を確かめてから、走り出した。

髪が揺れ、結っていたのが、崩れたけれど、彩蓮は気にしなかった。太王太后の狙いは、王とその母、王太后だ。一刻も早く、捕らえなければ、その権力で何をするか分からない。

しかし、そこに白地に黒の襟の衣を着た男が立ちはだかった。

歯並びの悪い目玉が飛び出したあばた顔は、忘れることもできない。方士の虚伊である。師魚を使い、都衛府の武官に民を殺させ、王の信頼をおとしめただけでなく、妃嬪《ひひん》の殉葬を公子零炎の耳に囁《ささや》き、共謀して王の権力を削《そ》ごうとした。そして今、刺客を后《きさき》候補に仕立て上げ、王を暗殺しようと試みているのもこの男が一枚噛《か》んでいるはずだ。

これはまさに大逆罪で、許されざる罪である。

「ようやく姿を現したわね」

「貞彩蓮。待っていた。相手に不足はない」

男は剣を抜いた。

11

彩蓮の懐には呪が書かれた札が数枚ある。

しかし、それを飛ばす力が彩蓮にはなかった。彩蓮の代わりに前に立ちはだかったのは、皇甫珪で、彼はすばやく剣を抜くと、間髪を容《い》れずに振りかざした。

ところが、それは余裕でかわされる。相手はどうやら、かなりの使い手だ。皇甫珪が剣を握り直す。

彩蓮は、自分の胸がどうしようもないほどの速さで鼓動しているのを感じた。

皇甫珪の剣の腕は間違いない。

しかし、彼は方士をどうやら生け捕ろうとしているらしかった。

腕と脚を狙い、急所を外す。

「皇甫珪！」

彩蓮がそんなの無理だと言おうと、その名を呼んだが、必死で戦う髭面には届かない。

方士は指を鳴らして、闇を呼んだ。

明るかった空は、急に暗くなり、雷がごろごろと鳴る。気温は急に下がって、手足が冷たくなった。北風が、枯れ葉を巻き上げて走り抜け、庭の真ん中で旋風となる。目の中にごみが入るのを、彩蓮は袖《そで》で防ぐと男を見た。人ではない。目が金色に光っている。

「気をつけて！　妖かしよ！」

彩蓮は皇甫珪にそう叫んだが遅かった。

妖狐を使っていた妖かしである。かなりの上級のものだと推察される。

方士の手が倍の長さに伸びたかと思うと、皇甫珪の首を掴み、宙に放り投げた。大男の体は紙きれのごとく浮いたかと思うと、地べたに叩きつけられる。彩蓮は駆け寄った。

「大丈夫?!」

「申し訳ありません。どうやら手強《てごわ》い相手のようです」

「今更、言わないでよ」

一歩一歩、方士は薄ら笑いを浮かべて近づいてきた。

彩蓮は札を投げたが、払いのけられてしまった。もちろん、皇甫珪の部下も背後から戈《か》で討とうとするも、戈の柄を逆に掴まれて、振り払われる。あっという間に兵士たちは、身動きがとれなくなってしまった。哲は言わずもがな、使い物にならない。

「おのれ！」

怪我をしている皇甫珪がそれでも立ち上がると、馬鹿力を振り絞った。

剣が皎《こう》と光るも、もう少しのところで逃げられた。

こうなれば、往生際悪く抵抗するだけだ。

彩蓮は、二本の指を天に向けて、呪を唱える。

指の間に挟まっているのは、なけなしの札である。持ち合わせている霊力を一枚の札につぎ込むと体の力がずんと抜けるも、札は鋭く空《くう》を飛んだ。

「うっ」

方士は彩蓮を見くびっていたのか、札はその右腕を深く切った。

しかし、致命傷ではない。

方士は危険とみなしたのか、逃げようとした。しかし、皇甫珪の部下は弩《ど》を構え、箭《や》を放ったから、逃げる間を失った。じりじりと壁へと追い込まれて行く方士――。

彩蓮もまた落ちていた剣を拾い構える。

「観念しなさい」

皆が勝ったと思った。彩蓮の切っ先は輝き、巫官《ふかん》たちも集まって来たので、後は捕らえて牢《ろう》にぶち込むだけだと、安堵《あんど》の空気が流れた。

ところがだ――。

その姿が突然、羽を持った虎に変わったのだ。皆がざわめき、彩蓮は声を上げた。

「窮奇《きゅうき》だわ！」

彩蓮は身を引く。

窮奇は、悪人を助け、善人を害し、正しい主張をしている者を喰い殺すと言われている悪しき上級の悪獣。人を惑わし、国を混乱に陥れる。それが目の前にいるのである。

「皆下がって」

窮奇は巨体でありながら、軽やかに飛躍したかと思うと、壁を蹴《け》って塀の上を走りさる。

「箭を！」

彩蓮が言うも、あっというまにその姿は後宮深くに消えた。

「逃げられた！」

哲は地団駄を踏み、彩蓮は舌打ちをした。

「方士が窮奇であったのは、想定外だったわ」

彩蓮はすぐに父の貞冥を呼んでくるように兵士に告げた。これは禁軍兵士には手にあまる。貞冥の力が必要だった。

「見てなさい。絶対に捕まえてやるから！」

彩蓮は、窮奇が消えた先を睨《にら》んだ。

「どういたしますか」

皇甫珪が尋ねる。

「騎遼が心配だわ。警備を厚くしないと。窮奇は世を乱れさせようと出現するの。王の命を狙うかも」

彩蓮は佩玉《おびかざり》なしに太王太后の住む興苑殿に乗り込むのは危険すぎると思った。だからといって貞冥の応援を待つ時間もない。黒雲はどんどんと興苑殿の上で膨らみ続け、落雷の音と共に、稲妻が斜めに走った。

「雨だ」

皇甫珪が手のひらを天に向けた。

ぽつりぽつりと雫《しずく》が落ちる――かと思いきや、ざあっと大粒の雨が降ってきた。彩蓮の髪は濡《ぬ》れ、衣はずっしりと重くなった。

「行きましょう」

彩蓮は意を決し、剣を鞘《さや》に戻すと庭に足を踏み入れた。泥濘《でいねい》に足を踏み入れ、泥が彩蓮の頰を汚したが、構わなかった。

「牡丹！　待って」

そこに追いかけてきたのは、児揺である。

ずぶ濡れのまま、息を切らせて、彩蓮の袖を摑《つか》む。見れば彼女が手にしているのは、祖父がくれた佩玉ではないか。彩蓮は足を止めた。

「牡丹、ごめんなさい。これを返すわ」

「どうしてあなたが、わたしの佩玉を持っているの？」

「盗んだの。あなたが羨《うらや》ましくて――」

児揺は恥じ入るように俯《うつむ》いた。

「それなのに、なぜ？」

「それが——自分でもよく分からないけど、この佩玉を握っていたら、あなたに返さないといけないような気がして、それで急いで持ってきたのよ」

この佩玉は、特別な呪《じゅ》が込められている。その威力は絶大で、誰が主か知っている。己の主の元へ帰る力を持っているのである。

「ありがとう。返してくれて」

「ううん。本当にごめんなさい」

彩蓮は佩玉を腰から下げた。すると、気がみなぎってくるのを感じた。彩蓮は目を閉じ、気が体に廻《めぐ》るのを感じる。白い炎が全身を包んでいる感覚が襲い、体が軽くなったような気がした。佩玉があるのとないのでは、大きな違いだ。本当は自らの力で戦うのが巫覡《ふげき》だ。でも未熟な彩蓮はこれがなければ戦えない。

「急ぎましょう」

彩蓮は皇甫珪たちと再び、回廊を駆け出した。

衣は、妃嬪選びのために持ってきた、翡翠《ひすい》色の深衣。裾《すそ》が長く、袖が大きい。動きにくく、走る度に、裾を踏んで転びそうになるのを、なんとか持ち直して、前方に見える大きな建物へと足を向ける。

「いよいよだわ」

彩蓮は身が震えるのを感じた。

恐れているのではない。武者震いだった。

そして対するのは、公子零炎。若き公子は武具をまとい、颯爽《さっそう》と戟《げき》を振り回して見せた。

「無駄な抵抗はやめることね。王命で、太王太后は謀反人として幽閉が命じられているわ」

「馬鹿を言うな。たとえ王の命でも太王太后さまを幽閉などできない。それこそ不孝で、理《ことわり》に反するものだ」

「王を殺そうとして理を説くわけ？　しかも王さまも義理とはいえ、太王太后さまの孫よ！　孫を殺そうとするのは罪ではないの?!」

相手は戟を回し、構える。彩蓮も札を指に挟むと、皇甫珪たち、武官もそれに続いて鞘を払う。しかし、敵は百名あまりの私兵を連れていて手強い。

騎遼が応援の兵士を差し向けてくれるはずだが、時間を稼ぐだけでも精一杯だった。

とはいえ、正義はこちらにある。負けるわけにはいかない。

皇甫珪が彩蓮を背に庇《かば》う。

「危険です」

「大丈夫。札で防ぐわ」

緊張が漂い、相手の弓は引かれた。しかし、箭が放たれるかと思ったその瞬間――。

「待て！」

そこに現れたのは騎遼だった。

連れているのは兵士たち六十人ほどだ。

盾を並べ、弩《ど》を構える。待っていた援軍に安堵した彩蓮は、胸をなで下ろしたが、対峙《たいじ》した兵士たちは、緊張をさらに高めた。じりじりと沈黙が兵士たちの中に流れるも、公子零炎の「放て」という掛け声とともに、それは瞬時に破られた。

箭が頭上に飛んだ。

「構えろ！」

皇甫珪が叫び、盾隊が前へ出る。

飛んできた箭が、雨のように降り注ぐ。彩蓮は目をつぶった。しかし、それは一瞬のこと。すぐに箭の降る音は止まる。

「かかれ！」

かと、思うと皇甫珪は剣を掲げて、声を上げる。騎遼の連れてきた禁軍の兵士たちが一斉に敵に向かった。

「おりゃぁ！」

盾で防ごうとした敵の防御を、皇甫珪は足蹴《あしげ》りで崩す。それで敵兵たちの隊列が乱れた。禁軍の歩兵たちが、戈《か》を持って、それに突進していく。狙うのは敵兵の胴。禁軍兵士は威嚇の声を上げて、一突きにする。怯《ひる》んだ敵に、更に戈が襲う。

禁軍は厳しい訓練を経て選ばれたよりすぐりの兵士たちで編制されている。数で劣っていても、気迫も腕も断然上だ。

上気した皇甫哲の顔もだんだんと勇ましくなってきた。彩蓮に襲いかかろうとした敵の急所を蹴り、しっかりと守る。兄の皇甫珪がそれを見て頷《うなず》いた。しかし、

――まずいわ。

彩蓮は頭上を見た。

鳥が、興苑殿の屋上にたくさん集まり、忙《せわ》しなく鳴いている。

その中、飛び抜けて大きい影は、羽を持った人食いの虎、窮奇《きゅうき》のものに違いない。

窮奇は、人語を解し、人が争っていると正しいことを言っている方を食べ、忠信な人がいるとその人の鼻を食べる。悪人がいると獣を捕まえてその者に贈るとされ、とても危険な悪神である。彩蓮は、人差し指と中指の間に挟んでいた札を気でピンとさせた。

「逃しはしないわ」

兵士たちは、皇甫珪に任せればいい。

自分は、あの悪獣をなんとかしなければ。彩蓮は札を放った。今度は前と違って鋭

く飛ぶ。風を切り、回転しながら札は窮奇を襲うから、意表を突かれた窮奇はそれを払うこともできなかった。脚に刺さり、大きな体が屋根を転がる。

「やった！」

屋根から落ちると思った。

しかし、相手もさる者。人の形、方士の虚伊に戻ると、樋《とい》に手を伸ばし、ぎりぎりのところで転落を防いだ。

「放て！」

彩蓮の頭上を越して、騎遼が命じた箭《や》が高く飛ぶ。方士はそれを扇子でかわすと屋根の上に駆け上がった。

「彩蓮さま！」

皇甫珪が名を呼び、彩蓮は振り返る。

「俺の背をお使いください」

大男は、剣を彩蓮に手渡すと、身を屈《かが》めて背を丸めた。

彩蓮は長い裾を思い切って引き裂く。そして助走をつけて走り出すと、遠慮なく男の背を踏み台に建物の横にある鳳凰《ほうおう》の台座へと飛び移る。もう少しで落ちそうだったが、なんとかしがみつき、皇甫珪の部下が持ってきた梯子《はしご》を受け取って、それを掛ける。さらに興苑殿の屋根へと上がれば、景色が一望できた。

「ううう」

軽やかに舞うように飛べたらいいのに、彩蓮はまだ未熟な巫女《みこ》だから、高位の巫覡のように飛ぶことができなかった。

やっとのことで上った屋根の上は思いのほか高く、風が足元を通り過ぎるだけで、重心が崩れそうになる。下を見まいと思っても、彩蓮は、ついつい見てしまって、一歩も歩けなくなった。

前には方士の姿をした窮奇がいた。

後ろは地面だ。

逃げることはできない。

ならば進むしか選択はなかった。彩蓮は札を片手に構え、一枚目を飛ばすと、間髪を容《い》れずに二枚目をさっと投げた。

「もはや、同じ手に何度もかかるとでも思っているのか！」

方士は、あざ笑い、札を扇子で払い落とす。

しかし、彩蓮の思惑はそうではなかった。剣を抜くと、男に振りかざしたのだ。すでに彩蓮は、方士の懐に入っている。剣でその腹を突くだけだ。

「死ね！」

男は扇子を捨てて剣を抜き、彩蓮に立ち向かった。刃と刃がぶつかり、カンという金属の高い音が宮殿に波紋のように広がる。しかし何度目かの音とともに、彩蓮の剣は甍《いらか》にぶつかってそのまま屋根を滑り落ちた。

「彩蓮さま！」

皇甫珪がすぐさま、屋根によじ上る。刀《とう》という柄の先に、大きな刃が付いている武器を大男が持つと壮観だ。それを片手でくるくると頭の上で回した。

「かかってこい！」

皇甫珪は、刀を構える。

方士が動いた、と思った時には、皇甫珪もまた飛び出し、剣と刀はぶつかり合った。力で押し合い、互いに譲らず、片腕の皇甫珪は、長時間力比べするのは、不利であるので、すぐに男の脛《すね》を蹴《け》る。彩蓮は札を投げた。鋭いそれは、背に当たりかけたが、方士は皇甫珪を押し戻し、空《くう》に逃げる。

彩蓮と方士の間に距離ができると、騎遼が箭を放った。遠慮なく、皇甫珪がいる前で放ったのである。しかし、阿吽《あうん》の呼吸で、皇甫珪はそれを避《よ》け、箭はまっすぐに方士に飛んだ。

「う」

右肩に当たった箭に、彩蓮は思わず歓喜した。

「やった」

皇甫珪が刀を振るう。風を切るほどの速さで、それは振り下ろされ、切っ先は僅《わず》かな光を集めて金色に輝いた。方士の右手は思うように動かない。左手のみでそれを防ごうとしたけれど、動きは鈍かった。

「今よ！」

彩蓮は呪《じゅ》を込めた札を方士の右胸に狙いを定めた。

皇甫珪が脇腹を刀で突くと、距離を作る。その瞬間、彩蓮は札を放った。

「うわっ」

方士の急所を確実に突いた。

大きな音を立ててそのまま後ろに倒れたかと思うと、斜めになった宮殿の屋根を転がる。

「反対側に落ちるわ！」

彩蓮は走って屋根のてっぺんへと上った。

見下ろせば、ごろごろと転がっていく体――。

あれだけいた鳥はいつの間にか消えていて、方士の体は屋根から地べたに落ちた。

「皇甫珪！　あれは悪獣よ。あれぐらいで死にはしないわ」

「追います！」

「待て」

そこに屋根から飛び下りようとした皇甫珪を止めた人がいた。

「お父さま！」

貞冥である。

白い衣の一団は総勢、三十名ほどか。宮殿に仕える巫官《ふかん》たちだ。

「追う必要はない。あれは悪に媚《こ》びる生き物だ。こちらが、太王太后さまを捕らえれば、用はなくなり、どのみちここを離れて、他の悪人を見つけて取り入ろうとするだろう。あとは巫覡《ふげき》の我らの仕事だ。わしらが追う」

貞冥は合図の手を挙げた。すると、一斉に巫覡たちが、建物の反対側へと走り出す。手には札を持ち、高位の巫覡は壁を蹴って屋根に飛んだ。

しかし相手は羽を持つ。あっと言う間に宮殿の高い塀に消える。貞冥たちもそれを追った。

「わたしたちは、太王太后さまを捕らえましょう」

見れば、騎遼は既に興苑殿に兵士を連れて走っていた。祖母だからと言って、国を混乱に陥れようとした人間を、彼は王として許しはしないのだ。

「急ぎましょう」

「はい」

皇甫珪と彩蓮は屋根を下りた。

12

彩蓮と皇甫珪が建物の中に入ると、前方で太王太后が騎遼と対峙《たいじ》していた。美しい髪を持つ豊満な女性で、豪奢《ごうしゃ》な金色の衣を着ていた。以前見た、背の曲がったおばあさんではない。おしろいを施し、赤い紅を差し、どうみても三十代に見える。しかも、優しそうな第一印象からはかけ離れ、眉《まゆ》を逆立てた険しい表情で騎遼を鋭く指さした。

「なんという不孝ものよ！ 己の祖母に刃を向けるとは！」

騎遼がぐっと歯を食いしばった。

「こんな不孝な行いは宗廟《そうびょう》におられるご先祖が許しはなさらないだろう！」

怒りにまかせて、持っていた杖《つえ》を振り回しもする。厄払いで使う祭器に刻まれた獣面のような恐ろしい形相で、動物のような「キー」という奇声を上げる。とても正気には見えない。

「申し訳ありませんが、お祖母《ばあ》さまは幽閉と決まりました」

「祖母を捕らえるじゃと！ おお、なんと恐ろしい子じゃ」

騎遼はそれに複雑そうな顔をした。騎遼とて言い分がある。自分の命を狙ったのが、まさしく温和で優しかったはずの祖母であったのだ。それこそ恐ろしいことではないか。しかも、騎遼は王。王を殺そうとするのは謀反、国の根本に関わる。

「騎遼よ、もう一度、言ってみるといい。あんなに可愛がってやったものを、仇《あだ》で返すのか。なんとお前は、非道な人間よ。人ではない」

太王太后はもっと騎遼に近づいた。

彩蓮は呆《あき》れたが、騎遼はわずかに苦い顔をした。親しいと思っていた祖母の仕打ちこそ残酷だ。しかも騎遼にとって家族。その処分を自分がしなければならないことに、騎遼も痛みを感じているのだ。加えて、己の罪を差し置いて、太王太后が心無い言葉をかけるので、胸が痛むのは当然だった。

「一つ、師魚を使い、都衞府の武官に無差別の殺人事件を起こさせ、市井を騒がせた罪。二つ、後宮の妃嬪《ひひん》を殉葬させようと宮殿を震撼《しんかん》させた罪。三つ、王を殺そうと、妃嬪候補の女と刺客を入れ替え、邪魔となったその娘を殺した罪。お祖母さまはどう償うおつもりですか」

「そんなのでたらめじゃ。なんの証拠がある」

老婦人は居直った。

騎遼はぐっと彼女に近づく。

「大人しく従っていただきます。王を殺そうとするのは、大罪だということをご存知でしょう。窮奇《きゅうき》を王宮に迎え入れたのは過ちでした」

「知らぬ。妾《わらわ》の知らぬことじゃ」

そっぽを向いた祖母に騎遼は苛立《いらだ》っていた。回りはすでに禁軍で囲まれている。どこにも逃げられはしないのに、未《いま》だに観念する様子が微塵《みじん》もない。

「死ね！」

しかし、柱の影から、そう声がした。

気づいた時には、既に男が剣を振り上げていた。

「危ない！　騎遼！」

彩蓮は人の動きを止める能力がある。しかし、瞬《まばた》きほどの間だけのことだ。高位の巫覡のように動きを封じることなどできない。それでも彩蓮は、躍り出た男に向けて気を放った。

「うお！」

この一振りに命を懸けた気魄《きはく》があった。が、彩蓮の気が、男の腕から脚へと絡みつく。動きが止まった男は、目玉だけを剝《む》いて一瞬動けなくなった。騎遼は鞘《さや》を払うと、一気に下から上へと斬る。若き公子の体は、カッと目を見開いたまま、床に倒れた。

「零炎」

騎遼のつぶやきで、ようやく彩蓮はそれが騎遼の従弟《いとこ》の公子零炎であることに気づいた。祖母に愛され、王になろうとしていた青年は、それを阻む従兄《いとこ》を憎んでいる。

「なんと！」

太王太后が真っ青になり、杖を握りしめる。

「お祖母さま！　謀反の企《たくら》みは明らかです！　これ以上の抵抗は無駄でしかない」

彩蓮は、太王太后は許しを乞《こ》うため、床に跪《ひざまず》くと思った。しかし、老女はがくがくと手足を震わせ、怒りと屈辱に耐えていた。この国に長く君臨していた人物こそが、この太王太后で、今まで叶《かな》わなかった願いなどなかった。こんな風に若造に好きなようにされるのは許せない。祖母は孫を睨《にら》みつけた。

「許さぬ」

低く恨みの籠《こ》もった声で太王太后は言う。

「許さぬ！　方士により授けられたこの不老不死の命で、妾がこの国を永久《とこしえ》に動かすのじゃ。王にふさわしいのは、我が血を引く零炎でそなたではない！」

太王太后は杖を掲げた。しかもそれは仕込み刀で、無慈悲な刃は騎遼へ容赦なく振り下ろされる。

「だめ！」

彩蓮がそう叫んだ時である。

髭面《ひげづら》大男が一瞬消えたかと思うと、さっと剣を抜いて踏み込んだ。風が空《くう》を斬ったと思った瞬間、太王太后の仕込み刀が宙に飛んだ。

「あああ」

悲痛な声が太王太后から漏れる。皆の前で王を殺そうとして失敗したのだ。もう言い逃れはできない。床に崩れ落ち、涙を見せたが、騎遼にもう許す気はなかった。

「冷宮にお連れせよ！」

「騎遼よ」

座り込んだ太王太后が顔を上げた。すると美貌《びぼう》は消え、どんどんと皺《しわ》が増えていく。顔が崩れていくと言った方がいいほど、急激に老女は老けていった。皺だらけの手から黄色く長い爪が伸び、豊かだった髪は抜け落ちた。

「あ、あ、ああ」

彩蓮は、太王太后は不老不死を謳《うた》う仙丹《せんたん》を飲んで若返ったのだと分かった。しかし眉唾《まゆつば》もので、短い間しか若返ることができない代物だったのだ。依存性もあり、太王太后が正気に見えないのもそのせいだ。おそらく、方士が操るために飲ませたのだろう。

太王太后は手のひらを騎遼に差し出した。

「助けておくれ。妾が悪かった」

「………」

「妾を許せないならそれでもいい。でも零炎だけは助けてやって欲しい。お願いじゃ。

あの子は何も悪くない。だから、許してやってあげておくれ。可哀相でならぬ。父母《ちちはは》もおらず、たよりの祖母もいないでは、あの子はこれからどうして生きていけようか」

太王太后は、両手を合わせ、騎遼に懇願した。背中を向けようとすると、その脚にすがりつく。

公子零炎は、太王太后のお気に入りだった。可愛い孫なのだろう。しかし、同じ孫である騎遼を殺そうとしておいて、今更、零炎の罪の目こぼしを乞うのは、いささか虫が良すぎる。

「何をしている。連れて行け！」

騎遼は私情をすべて捨てた声で言った。懇願する老女は、騎遼の脚に更にすがりついたが、それは強く振り払われた。周囲には、冷たい人間と映ったかもしれない。しかし、彩蓮は騎遼がどれだけ断腸の思いだったか分かるから、一歩引いたところで、耐える孤独の王の姿を見つめていた。

「捕らえろ！」

皇甫珪が命じると、兵士たちが、息のある公子零炎と彼に伴っていた宦官《かんがん》、宮女を捕らえた。もちろん、太王太后の配下も縄をかけられる。

あっという間に大きな広間は、騎遼と彩蓮二人きりになった。彼は黙って立ち尽くしたまま何も言わなかった。彩蓮は、何度か声を掛けようかと思ったが、結局、静寂に身を委《ゆだ》ねてその後ろにいた。ただ、一人にはしたくなかった。

「なぁ、彩蓮」

騎遼は振り向かずに、おもむろに言った。

「ええ、騎遼」

「父王は、常々、王位は孤独で、誰も信じてはならぬと仰せだった」

騎遼の父、文恵王、恭清《きょうせい》は、愛する人を兄に奪われ、兄王を弑《しい》し、王位を簒奪《さんだつ》した人物で、その玉座は誰のものより孤独だった。その息子の騎遼もまた、同じ道を歩まなければならない運命にいる。

「俺はずっとこんな風に生きていくんだろうか」

「もう、膿《うみ》は出尽くしたわ。こんな風なのは、これが最後よ」

「それは巫覡《ふげき》としての言葉か」

彩蓮は、はっきりと言った。

「いいえ。わたし、貞彩蓮としての言葉よ」

「そうか」

騎遼は振り向いた。

とても疲れた顔をしていた。

彩蓮は微笑む。

「行きましょう。お腹が空《す》いたわ。夕食の時間よ」

苦笑が返ってきた。

「君って人は……いつもそうだ」

「そう？」

「俺を和ませてくれる」

彩蓮は騎遼の前に立った。彼は寂しそうに漏らす。

「彩蓮、生きるってずいぶんと難しいことのようだ」

「ええ」

「呼吸するだけで一杯一杯だ」

「人は足掻《あが》かずには生きていけないのよ。あなたは王だし、生きるのは人の何倍も難しい定めを負っている」

騎遼が目を伏せた。

「王になろうと思ったのは保身からだった。兄たちに殺されないためには、こちらから仕掛け、太子となり、王座を得るしかないと考えた。王となったらなしたい夢もあった。それなのに、どうだ。俺は、苦労して手に入れた王座を守るだけで精一杯で、民を安らかにすることもできない」

彩蓮は騎遼の袖《そで》を引く。

「弱気にならないで。あなたこそ王に相応《ふさわ》しい。今はまだ難しいことがたくさんあるし、誰を信じればいいか分からないかもしれない。でも、そんなのはすぐになくなる。貞家もわたしも、皇甫珪もあなたの味方だわ」

「毎日がこんなだ。人に恨まれ、裏切られ、殺されかける。生き続けるのは、並大抵のことではない」

「あなたが苦しいように民もまた苦しんでいる。それを忘れないで」

「彩蓮、君は友だ」

彼は長い沈黙の後、顔を上げた。

弱音を吐いたことなど嘘のような、王者の顔で、剣を鞘《さや》に戻す。そして踵《きびす》を返せば、その歩みはしっかりと地を蹴《け》り、腰に佩《お》びた佩玉《おびかざり》が、剣に当たってカチカチと鳴って清らかだった。

彩蓮はその背を見送った。

王とはなんと孤独なのだろうか。

裏切りがあれば、自らの手で家族をも断罪しないとならない。求められてもその横に立つ自信は彩蓮には全くなかった。できることは、彼を臣下として支えること。巫官となり、王家の宗廟《そうびょう》を祀《まつ》り、天を崇める儀式を行って、国を守る手助けをすることだけだ。

「彩蓮さま」

気づけば、暗くなった室内に、皇甫珪がいた。

「いかがいたしましたか」

「少し星を見ない？」

彩蓮もまた歩き出した。

庭へと出れば、もう星々が瞬いている。天は地の悲しい出来事に素知らぬ顔だった。

ただ、月輪ばかりが眩《まぶ》しく、蠍座《さそりざ》の星の一つ、房星《そいぼし》の中間を運行していた。それは陰陽が調和している兆候で、天下が平らかで平和になることを意味している。彩蓮は安《あん》堵《ど》の吐息を漏らす。災いは終わったのだ。

「よかった」

「ご無事で何よりです」

皇甫珪が後ろから彩蓮の手をぎゅっと握った。

「国はこれからいい方向にしか向かない。そうでなければならないわ」

「御意」

彩蓮は捕らえられていく人々の姿に、騒動の終焉《しゅうえん》を感じた。

13

後日――。

「丸く収まったわね」

騎遼は、太王太后を冷宮に幽閉とし、公子零炎は、庶民に落とした上で、都外の屋敷で軟禁となった。二人とも大辟《しざい》を免れたのである。

「太王太后さまも手当の結果正気に戻り、いたく反省しているとか。冷宮に監禁とはいえ、待遇は悪くはないそうです」

「それはよかったわ」

皇甫珪の報告に彩蓮は胸を撫《な》で下ろす。

本物の周花の頭部も宮殿の庭に埋められていたのが発見された。周花が長身の人だったため、同じく長身の馬姜月が狙われたらしい。当時、妃嬪選びに参加せず市中にいたのも運が悪かった。駆け落ちしようとしていたところを捕らわれて殺されたことが判明した。

馬姜月、周花の二人は貞家によって手厚く葬られた。

「王にしては寛容なご処置だと皆が噂しています」

皇甫珪は、罪人の処分が甘いと不満そうだ。

「祖母を殺せば、不孝な王と批判され、従弟《いとこ》を殺せば、冷酷だと歴史に刻まれる。騎遼も苦渋の選択だったのでしょう。しかも窮奇《きゅうき》に操られていたのだし」

「そうですな。しかし、窮奇は悪人とでなければ睦《むつ》みません。太王太后さまにもつけ入られるだけの野心が大いにあったのでしょう。若さへの執着しかり、権力への固執しかり」

「そうね……」

「あとで分かったことですが、太王太后さまは何年も前から、若返りと不老不死にこだわり、異国から薬師を呼びよせていたそうです。国で認められた巫医の薬以外を求めるのは宮殿で禁じられているのにかかわらずですよ。なぜ禁じられているかといえば、こういうことが起きるからです」

「騎遼が言うには、太王太后はなさぬ仲の武曜王、文恵王を支えながら、抑圧に堪えてきたそうよ。ご自分のお子が生きていたらしなくてもよかった苦労もあったらしいわ。せめて血の繋《つな》がった孫を王位にと思っていた心に窮奇がつけ込んだんだわ」

「としても処罰は法に則《のっと》るべきです」

皇甫珪はやはり面白くなさそうだった。王を守る禁軍の武官たちは、謀反の罪を犯した二人を許すべきでないと思っているようだった。本当のところ、彩蓮も厳罰に処するべきだと思ってはいるが、友人である騎遼のことを考えれば、それを口にすることができなかった。

「方士を逃したのは痛かったですね」

「ただの方士ではないわ。人を惑わす悪獣の窮奇でもある。人間には危険な相手だった。あの時、深追いしなかったのは正解だったと思うわ。貞家の巫覡が捜索をしているから心配ない」

しかし、彩蓮は見つけることができるとは思っていなかった。騎遼も是が非でもと言っていない。問題だったの太王太后と公子零炎の二人で、二人さえ、捕まえれば、騎遼としては十分だったのである。

ただ周花になりすましていた妖狐《ようこ》や命令で動いていた配下の宦官《かんがん》、宮女は厳罰に処せられた。

「彩蓮さま！　彩蓮さま！」

そこに現れたのは、小真で、血相を変えて、門の方を指差す。

「どうしたの？　慌てて」

「お、王さまが、お見えです！」

「騎遼が？」

今は事件の処理で忙しいはずである。

こんな所で遊んでいる場合ではない。それなのに、わざわざなぜ行幸したのだろう。

彩蓮は不思議に思って、門に走った。すると、すでに父の貞冥が正装して迎えており、貞家の巫覡《ふげき》たちが一斉に頭を下げている。彩蓮も慌てて、低頭し、人の後ろに隠れた。

「彩蓮」

しかし、騎遼はめざとく彩蓮を見つける。となりに巨体の皇甫珪がいたからかもしれない。景王は、つかつかとこちらに近づいて来て、巻物を突きつけた。

「なに？」

「おめでとう、彩蓮。君は五品《ごほん》の巫官に合格した」

「どういうこと？　わたしは二次試験を受けていないわ」

「試験を受ける必要などあるのか。君は王に忠誠を示し、逆賊を討つ功績を残した。君以外に誰が俺の巫覡に相応《ふさわ》しいんだ」

彩蓮はぎゅっと紫の巻物を抱きしめる。巫官に任命する勅書だ。ずっと望み、不可能と思っていた第一歩だった。五品官なら、儀式を企画することができ、儀式の重要な役を担うこともある。絶対に受けたい。

でも、彩蓮には一つの壁があった。

父の貞冥だ。

彩蓮が、巫覡として王宮に関わることを嫌っている。それは父親として、可愛い娘に危険を冒してもらいたくないだけのことだが、それは彩蓮にとって足かせとなっていた。

「お父さま、お願い」

彩蓮は渋い顔をしていた父、貞冥に言った。

「わたし、やってみたいの」

「彩蓮……」

「お願い。いいと言って、お父さま」

貞冥は黙った。

迷っているのは分かった。

しかし、彩蓮の潤んだ黒い瞳《ひとみ》から、逃れられる者はいない。しかも、貞冥は彩蓮の親である。どうしてもやりたいということを否定したりはしなかったし、それにだめだと言っても娘はやることも分かっていた。

「お父さま」

貞冥は大きくため息を吐いた。

「よかろう。好きにするがいい。しかし、父の助けを借りられるとは思うな。他の巫官と同じようこき使ってやる」

「お父さま！　ありがとう」

彩蓮は父に抱きついた。許してくれるとは思わなかった。

「わたしお父さまみたいな立派な巫覡になる」

貞冥はわずかにほころんだ顔を、照れたのか、ごほんごほんと咳払《せきばら》いで隠し、騎遼に深々と頭を下げた。

「お気遣い、いたみいります」

「いたみいっているのは、こちらの方だ。彩蓮には何度も助けられた。巫官となったら、きっとよき臣下となって寡人《おれ》を支えてくれるだろう」

「御意」

騎遼が微笑を漏らした。

彩蓮にはよくその顔を見せるが、他で彼が微笑むところを見たことがない。貞冥はやや驚いて顔を上げた。

「じゃな、彩蓮。今度は宮殿で会おう」

「ええ」

騎遼は踵《きびす》を返すと、背中を向けたまま、手を振って門の向こうへ去って行った。

残された彩蓮は明るい笑顔を皇甫珪に向ける。

「あなたは校尉。わたしは巫官。お互いの道が定まったわね」

「夢は希望さえ抱けば、叶《かな》うものです」

「ええ。本当にそう」

宮殿の門楼を見やれば、カワセミの羽で作られた王の御旗《みはた》が七色に輝いているのが見えた。風に翻り、はためく姿は、超然と気高く、彩蓮はそれを美しいと思った。そして、それを眺めていると、この世に不可能などないと思えてくるから不思議だった。

「がんばるわよ！」

洋々たる彩蓮の未来は青い空のすぐそこにあり、彼女は一つ大きくなったような気がして、勅書を高々と掲げた。

了

本書は書き下ろしです。

天《てん》命《めい》の巫《み》女《こ》は翠《すい》花《か》に捧《ささ》ぐ

彩蓮景国記《さいれんけいこくき》

朝《あさ》田《だ》小《こ》夏《なつ》

令和2年 4月25日　初版発行
令和6年 11月15日　再版発行

発行者●山下直久

発行●株式会社KADOKAWA
〒102-8177　東京都千代田区富士見2-13-3
電話　0570-002-301（ナビダイヤル）

角川文庫 22137

印刷所●株式会社KADOKAWA
製本所●株式会社KADOKAWA

表紙画●和田三造

●お問い合わせ
https://www.kadokawa.co.jp/（「お問い合わせ」へお進みください）
※内容によっては、お答えできない場合があります。
※サポートは日本国内のみとさせていただきます。
※Japanese text only

ISBN 978-4-04-109277-4　C0193

角川文庫発刊に際して

角川源義

第二次世界大戦の敗北は、軍事力の敗北であった以上に、私たちの若い文化力の敗退であった。私たちの文化が戦争に対して如何に無力であり、単なるあだ花に過ぎなかったかを、私たちは身を以て体験し痛感した。西洋近代文化の摂取にとって、明治以後八十年の歳月は決して短かすぎたとは言えない。にもかかわらず、近代文化の伝統を確立し、自由な批判と柔軟な良識に富む文化層として自らを形成することに私たちは失敗して来た。そしてこれは、各層への文化の普及滲透を任務とする出版人の責任でもあった。

一九四五年以来、私たちは再び振出しに戻り、第一歩から踏み出すことを余儀なくされた。これは大きな不幸ではあるが、反面、これまでの混沌・未熟・歪曲の中にあった我が国の文化に秩序と確たる基礎を齎らすためには絶好の機会でもある。角川書店は、このような祖国の文化的危機にあたり、微力をも顧みず再建の礎石たるべき抱負と決意とをもって出発したが、ここに創立以来の念願を果すべく角川文庫を発刊する。これまで刊行されたあらゆる全集叢書文庫類の長所と短所とを検討し、古今東西の不朽の典籍を、良心的編集のもとに、廉価に、そして書架にふさわしい美本として、多くのひとびとに提供しようとする。しかし私たちは徒らに百科全書的な知識のジレッタントを作ることを目的とせず、あくまで祖国の文化に秩序と再建への道を示し、この文庫を角川書店の栄ある事業として、今後永久に継続発展せしめ、学芸と教養との殿堂として大成せんことを期したい。多くの読書子の愛情ある忠言と支持とによって、この希望と抱負とを完遂せしめられんことを願う。

一九四九年五月三日

ネガレアリテの悪魔

黎明の夜想曲《ノクターン》

大塚已愛

訳あり貴族の少女×孤独な美貌の人外

「僕達はもう会うべきではない」サミュエルから別れを告げられたエディスに突如持ち上がった婚約話。相手は18歳年上で侯爵家の三男にして資産家のヘイミッシュだった。彼はサミュエルを十番目《ツエーント》と呼び、その居場所を教えたならば、エディスの出生の秘密を明かすという取引を持ち掛ける。一方サミュエルは、「また会おう」と言い遺し《あちら側》に消えていったブラウンの真意を探るため、奪われた記憶の断片を求めるが——!?

ISBN 978-4-04-108759-6